ハーレクイン文庫

ギリシア富豪と路上の白薔薇

リン・グレアム

漆原　麗 訳

HARLEQUIN
BUNKO

THE STEPHANIDES PREGNANCY

by Lynne Graham

Published by Harlequin Japan, a Division of K.K. HarperCollins Japan, 2024

ギリシア富豪と路上の白薔薇

◆主要登場人物

ベッツィ・ミッチェル……………リムジン運転手。
ジェンマ……………………………ベッツィの妹。
ローリー……………………………ジェンマのボーイフレンド。ベッツィの元恋人。
ジョー・タイラー…………………ベッツィの同僚。
クリストス・ステファニデス……巨大企業社長。
パトラス……………………………クリストスの祖父。
ペトリーナ…………………………クリストスの婚約者。
スパイロス・ソロッタス…………クリストスのはとこ。

1

クリストス・ステファニデスは、制服姿の女性に関心を持ったことは一度もなかった。もしそういう女性が好みなら、彼の行動を追いつづけているタブロイド紙がとっくに書きたてていただろう。クリストスははっとするほどハンサムなギリシア経済界の大物で、速い車と豪華な家とまばゆい美女に目がない。そのため、いつもゴシップ欄をにぎわせていた。

だが今日、彼が関心を寄せたのは、いつもの好みとは違うタイプの女性だった。しかも、女性のほうは彼に見つめられていることにまったく気づいていない。クリストスの乗っているリムジンの窓が着色ガラスだったからだ。背が高くすらりとしたその女性は、ダークグリーンの細身の上着と仕立てのよいスカート姿で、細いウエストと繊細な曲線がこれでもかとばかりに強調されている。飾り気のない靴を履いているが、脚は実にみごとだ。

「帽子をかぶったあの女性だが、あれは軍の制服かな?」クリストスは親族のスパイロス・ソロッタスに尋ねた。

クリストスより年上で、恰幅《かっぷく》のいいスパイロスは、窓の外を見やった。「飛行機の乗務員って感じだな」

クリストスが女性から視線をそらそうとしたまさにそのとき、一陣の風が巻きおこり、帽子を吹き飛ばした。帽子が道を転がっていく。女性は金褐色の髪をなびかせ、帽子を追って走った。彼女が拾いあげたのは、クリストスの乗るリムジンから一メートル足らずのところだった。春の日差しを浴びて燃え立つような髪を、必死に帽子の中におさめようとしている。楕円《だえん》形の顔の生き生きとした美しさに、クリストスは思わず見とれてしまった。輝く瞳とチェリーピンクの官能的な唇とが、雪花石膏《せっこう》のようにきめの細かいなめらかな肌を引き立てている。圧倒されるほどの美しさだ。

買いつけ担当のティモンが静かに言った。「運転手かもしれませんね」

クリストスは漆黒の眉を寄せた。彼にとって、運転手というのは使用人と同じ部類に入る。赤毛の女性がベントレーの運転席に乗りこむのを見て、クリストスは顔をしかめた。ベントレーのリアバンパーにはリムジン会社のロゴが小さく、だがはっきりとついていた。

「女性にしては妙な仕事を選んだものだな」

スパイロスもやはり鼻でせせら笑った。「ああいう体つきの女性なら、もうかるかもしれないな」

クリストスはたちまち不愉快になった。スパイロスにはいつもぞっとさせられる。しかし、彼は身内であり、クリストトスは幼いときから血のつながりを何よりも重んじるように育てられてきた。

「婚約者のことを考えているのか？」スパイロスは若いクリストトスが黙りこんだのを誤解し、意味ありげに笑った。「ペトリーナは身のほどをわきまえた、育ちのいい娘だよ。もしわきまえていないようなら、それを教えてやれるのはおまえしかいないさ！」

「婚約の話はやめにしよう」クリストトスは警告をこめて語気をやや強めた。激しいいらだちをみじんも感じさせない声だった。

クリストトスはステファニデス家の、ペトリーナはローディアス家の人間だ。両家は長きにわたって仕事上の取り引きがあり、二人が結婚すれば、さらに堅固な関係が築かれる。両家が富と権力と次の世代を残すための政略結婚というわけだ。誰もクリストトスに誠実さなど期待していないが、それを言ってしまったら身もふたもない。

クリストトスはスパイロスの俗悪さを毛嫌いしていた。ギャンブル好きで、浪費家で、金に困るとすり寄ってくる。投資に失敗したので助けてくれ、必ずもうかるベンチャービジネスを始めるから資金を貸してくれ……。その手のつくり話が通用しないとなると、自分の不運のせいで家族が苦しむ、と今度は同情を引こうとする。

半年前、クリストトスは、ステファニデス財閥の数多い子会社のひとつである運送会社のロンドン支社にスパイロスを就職させた。なじみの盛り場や取り巻き連中から引き離せば、心機一転、人生をやり直してくれるものと期待したのだ。そのために、スパイロスの借金の肩代わりもした。そんなクリストスを見て、祖父パトラスはせせら笑った。スパイロスに職を与えたことを話したときなどは、笑いすぎて呼吸困難に陥りかけたほどだ。

〝スパイロスは蛭《ひる》みたいなやつだ。どんな一族にもそういう人間はいる。金を渡して遠ざけておくのがいちばんさ。あの男を変えるなど不可能だ。賭《か》けてもいいが、やつはじきに元の状態に戻ってしまう〟

クリストスはその賭《かけ》に応じた。スパイロスの妻と娘たちは恥を忍び、苦しみに耐えている。彼に金を渡すなど、自堕落な生活を助長するようなものではないか。クリストスは祖父を深く尊敬していたが、スパイロスの件だけは、祖父の意見に与《くみ》しなかった。誰かがもっと早くにスパイロスを更生させるべきだった、と信じて疑わなかった。

今、クリストスは祖父との賭に負けたと感じていた。亡くなった母のいとこであるスパイロスは、懸命に苦境と闘っているふりをしているにすぎない。クリストスの鋭敏な知性はだまされなかった。

「わざわざ僕が会いに来たのはなぜかと思っているんだろう」スパイロスは言葉を切り、深く息を吸いこんだ。「立ち直るチャンスを与えてくれたんで、どうしてもじかに礼を言いたくてな」

クリストスは精悍《せいかん》な顔にいっさいの感情を出さず、まじまじとスパイロスを見た。「いい結果になったのならうれしいよ」彼はにやりとした。皮肉な思いもあるが、うれしいというのもまた正直な気持ちだった。

「今夜おまえが発《た》つ前に食事をしないか？」スパイロスは熱心に誘った。

クリストスには予定があった。愛人がアパートメントで待っているのだ。会合に明け暮れた長い一日を締めくくるには、女性とベッドでたわむれるのがいちばんだ。クリストスは自分の欲望の激しさを呪《のろ》いつつ、官能を刺激する夢をしぶしぶ断ち切った。スパイロスは努力を認められたことなど今まで一度もなかったのだぞ、と理性に諭されて。

緑豊かな郊外のアパートメントに向かいながら、ベッツィは妹に何を言われても感情的にならないよう、自分に言い聞かせていた。

妹のジェンマが青磁色の瞳を見開いて淡い金髪を後ろにはねのけ、〝やせすぎは老けて見えるわ〟と言った際も、ベッツィはほほ笑んだだけで、反論しなかった。そのときベッツィは、胸を大きくしたいとのはかない希望からビスケットをつまんでいた。

テーブルに着いた姉の爪を見てジェンマは悲鳴をあげた。車のエンジンを点検していたときに折ってしまったのだ。それでもベッツィは何も言わず、手をテーブルの下に隠した。ジーンズとシャツというカジュアルな格好を男の子みたいと冷笑されても、つまらない人生を送っていると指摘されてさえも、自分に誇りを持っている彼女は、妹の挑発に乗らなかった。

ローリーも同じテーブルに着いていた。ガールフレンドとその姉とのやり取りに、居心地の悪い思いをしているのは明らかだ。軽い話題を持ちだそうとベッツィが何度試みても、そのたびにジェンマは姉を攻撃する格好の材料にすり替えてしまった。

ベッツィはローリーを盗み見た。彼は緊張してにこりともせず、とまどっているようだ。ジェンマがなぜここまで姉を攻撃するのか理解できないらしい。もっとも、わからないのはベッツィも同じだった。

普通に考えたら、けんか腰になるのはむしろベッツィのほうだろう。三年前、ローリーとの婚約を間近に控えたベッツィに、ジェンマは妊娠していることを告げた。子どもの父親はローリーだという。プライドの高いベッツィは、自分よりはるかにかわいい妹とこっそりベッドを共にした男性にしがみつくまねはしなかった。ローリーを巡る姉妹のごたごたが家庭を崩壊させてしまうのも心配だった。だが不幸なことに、ベッツィは今なおローリーへの愛を断ち切れずにいた。

「わたしが知ってる独身の子って、みんな毎晩パーティに出かけているわ……いまだにボーイフレンドが見つからないなんて信じられない！」ジェンマは辛辣《しんらつ》に言った。

一瞬、怒りと苦しみに圧倒されそうになり、ベッツィは青白い額にかかった後れ毛を落ち着かない様子でかきあげた。ボーイフレンドなら、あなたに盗まれるまではいたわ、と言い返したいのを、彼女はなんとかこらえた。悔しさのあまり頬を赤く染め、ベッツィは見えを張って嘘《うそ》をついた。「ボーイフレンドなら職場にいるわ……今つき合ってるの」

妹は狼狽《ろうばい》して姉を見つめた。「その人、なんという名前？」

「ジョーよ……」ベッツィは唇を固く結び、食欲もないのに目の前の料理を見つめた。早くも後悔していた。ひとつ嘘をつくと、次々に嘘を重ねなければならなくなる。でも、職場にジョーがいるのは事実だ。つき合ってはいないが、デートに誘われたことはある。

「新人なの……二週間前にインペリアルで働き始めたばかりで――」

「いくつなの？　どんな感じの人？」ジェンマはたたみかけた。

「二十代後半よ。背が高くて、がっしりしていて、肌は白いわ」ベッツィは肩をすくめた。一度でもジョーとデートしていたら、この嘘は真実となるのに、と思いながら。

ジェンマはにやりとした。「じゃあ、そろそろ――」

ローリーが顔をしかめた。「その男について、君はどれくらい知っているんだ？　変なやつも大勢いるから気をつけろよ」

ジェンマのきれいな顔に浮かんでいた笑みが消え、平手打ちを食らったような表情になった。

ベッツィは心の中でうめいた。ローリーがわたしに少しでも関心を示すと、妹は腹を立てる。気詰まりな沈黙が流れる中、ちょうど部屋に入ってきたパジャマ姿の幼児をベッツィは抱きあげた。大好きな伯母に抱っこされ、女の子はうれしそうに笑い、うっとりとベッツィを見あげた。ソフィは父親から焦茶色の髪を、母親から大きく青い瞳を受け継ぎ、実に愛らしい。それからまもなく、明日は朝が早いからと言って、ベッツィは妹の家をあとにした。

ハウンズローにある、ワンルームの狭苦しいアパートに戻ったとき、母親から電話がかかってきた。

「ジェンマがひどく怒っているのよ……」

あまりに聞き慣れたコリン・ミッチェルの言葉に、ベッツィのいらだちはつのったが、それでもおとなしく聞いていた。

「食事などしに行くんじゃなかったわ。摩擦を大きくするだけね」ベッツィはため息をついた。

「ローリーがジェンマと正式に結婚してくれさえしたらねえ」コリンは嘆いた。「二歳児の母となりながら、まだ結婚指輪をはめられないなんて！　かわいそうに。すてきなアパートメントに住んで、ローリーも弁護士としてちゃんとやっているのに。どうして結婚を引き延ばしているのかしら？」

ベッツィは深く、ゆっくりと息を吸った。「ママ、それはわたしには関係のないことよ――」

「ローリー・バートラムをあなたよりよく知っている人なんていないわ！」母はいきり立って言い返した。「彼はジェンマの気持ちを踏みにじって――」

「最近は、結婚しないで同居しているカップルも多いわ」ベッツィは穏やかに遮った。

「でも、ローリーはあなたとは結婚するつもりだったんでしょう？」末娘の幸せを案じるコリンは、怒りもあらわに尋ねた。「夫が昔の恋人である姉をかまっているのを見たら、ジェンマがひどく傷つくのも当然じゃないかしら？」

「彼はわたしをかまってなんかいないわ」ベッツィはうんざりした。言ったところで母の耳に入らないのはわかっている。電話で末娘から感情的にまくしたてられた母は、ベッツィに言いたいことを言わなければ気がすまないのだ。

母はわたしの気持ちなどまったく考えてくれない。いつものこととはいえ、つらいものがある。なぜわたしが叱《しか》られなければならないの？　妹にやかましく批判され、なぜわたしが黙って耐えなければならないのだろう？　母の口調は苦々しげで、ジェンマが薔薇《ばら》色の人生を歩めないのはベッツィのせいだと言わんばかりだ。

ジェンマに当たり散らされると両親からも疎んじられることに、ベッツィは気づき始めていた。ジェンマは見た目も性格も母親そっくりで、コリンはジェンマの気持ちをよく理解していた。ジェンマは幼いころ、二歳離れた妹がかわいがられることになんの疑問もいだいていなかった。ジェンマが赤ん坊のころ、検診で心雑音が見つかり、一家は大騒ぎになった。そして、健康になんの支障もないと診断が下されたころには、ジェンマを大事にする癖が両親についてしまっていた。二人は末娘のジェンマを、そして孫のソフィを溺愛《できあい》した。

ミッチェル家の中で、ベッツィはいささか浮いた存在だった。服の好みも興味の対象も女性的とは言いがたく、母に褒められたためしがない。子どものころの楽しい思い出といったら、亡くなった祖父にまつわるものばかりだ。祖父は暇を見つけてはクラシックカーを修理していた。十代のころのベッツィはスポーツに熱中するおてんば娘で、車にも大いに興味があった。同年代の女の子たちは、車を運転する男の子に関心を寄せていたというのに。恋愛にはおくてで、華やかな妹に圧倒された。ジェンマは十三歳のころからすでに男の子たちに追いまわされていたのだ。

ベッツィがローリーと出会った場所は、スポーツクラブだった。当時、彼女は十八歳。最初のうちは単なる友人にすぎなかったが、彼にデートを申しこまれるだいぶ前から、ベッツィは自分の気持ちに気づいていた。

もう過去の話よ。ベッツィは鋭く自分に言い聞かせた。自分の意志に反してほかの女性に盗まれる男性などいるわけがない。一方で、姉よりはるかに快活でセクシーな妹にローリーが手を出したのも、不思議ではないと思う。ベッツィはいたたまれない思いをいだいたままベッドに入った。

翌朝、ベッツィが職場に着いたとき、ジョー・タイラーはもう自分の運転する車のボンネットを磨いていた。働き者だわ、と彼女はしぶしぶ認めた。一方で、なぜ彼を避けたくなるのだろうといぶかる。確かに少々傲慢《ごうまん》で思いあがったところもあるが、若くて魅力的な男性だ。彼がインペリアル・リムジンズのスタッフとなってから二週間しかたっていない。長時間労働や低賃金、客の態度などに関して、ほかのスタッフのようにこぼすこともなく、寡黙で一匹狼《おおかみ》のような存在で、ベッツィと似ていた。

男性と最後にデートをしたのはいつだったかしら？　思い出せない。ベッツィはやや恥ずかしそうに、金髪のジョーのほうへゆっくりと歩いた。

「シルバーストーン・サーキットのレースを見に行くっていう話……まだ気が変わってない？」

ジョーは車を磨く手を止めない。「まあね……」

ベッツィはまたたく間に守勢に立たされた。「気持ちがはっきりしたら教えて。でも、そのころにはたぶん――」

「いや、それは誤解だ」ジョーは去りかけたベッツィの腕に大きな手を添えた。「まだ気は変わってないよ」

ジョーの岩のような体に、ベッツィはまたもや不安を感じた。逃げだしたいのをなんとかこらえ、ほほ笑んでみせる。彼のうぬぼれた顔を見ても怒ってはだめよと自分に言い聞かせながら。あなたの筋肉美にわたしが心を奪われたと思っているなら大間違いよ……。

クリストスは六週間ぶりに南フランスからロンドンに戻ってきた。空港に迎えに来ていたティモンに封筒を渡され、クリストスは怪訝《けげん》そうに片方の眉を上げた。「これは？」

「スパイロス・ソロッタス様から、あなたが空港を出る前に渡してくれと頼まれました」

クリストスは封を切り、スパイロスの署名があるグリーティングカードを取りだした。

「誕生日でもないのに」

ティモンは顔をこわばらせ、何も言わない。数分後、駐車場に向かっていたクリストスは、ティモンが指さしたリムジンの六メートルほど手前で立ち止まった。謎《なぞ》は解け、なまなましい期待に胸が躍る。忘れもしない、あの車だ。一カ月以上も前、スパイロスと一緒にいたときに見た、赤毛の美女が運転する車に間違いない。スパイロスがこういう粋《いき》な計らいをするとはな。

ティモンが言った。「スパイロス様は、週末にこのリムジン会社の車を手配してあなたを驚かせたいと言っていましたが、どうもわたくしには——」

「大げさに考えなくていい」クリストスは低くハスキーな声で部下を遮りつつ、運転席から出てきた女性を見て目を輝かせた。

運転手の制服を着ていても、本質的な完璧《かんぺき》さは隠しきれない。全身は葦《あし》のように細く、ウエストは僕の両手におさまってしまいそうだし、バレリーナさながらの優雅で流れるような歩き方をする。ぜひシルクをまとわせてみたい。その下にはもちろん、サテンのようになめらかな肌があるだろう。クリストスは、彼女をものにできると信じて疑わなかった。こちらが求めれば、どんな女性でも必ずなびいてくる。自分が放つ強烈な磁力のせいで、クリストスは何度か苦い思いを味わっていた。人妻や友人のパートナーまでが彼に引きつけられてしまうからだ。

「土壇場で旅程を変更されると、警備チームが混乱すると申しあげておきます」ティモンは不安そうに言い添えた。「このリムジン会社を調査する暇もありませんでした」

「これでいい」クリストスは鷹揚《おうよう》に言い、車の最終点検をしている若い女性に全神経を集中させた。背筋をまっすぐ伸ばし、繊細な顎をつんと上げたところなど、生来のプライドの高さが感じられる。手こずるだろうか？　挑戦は好きだが、クリストスは現実的な考え方の持ち主でもあった。彼女をくどくにはこの週末しかない。

「かなり小さな会社でして……いつも使っている会社よりサービスが劣るのではないかと――」

クリストスの大きく官能的な口もとに、いたずらっぽい笑みが宿った。「反対に、今まで以上のサービスが得られるかもしれないぞ」

ティモンはようやくボスの意図を解し、何を言っても無駄だと悟った。

「悪いが、今日はひとりで会社に戻ってくれ」

クリストスが平然と言い放つと、若いティモンは思わずにやりとした。


ベッツィの神経は張りつめていた。今度の客は外国の大金持ちのＶＩＰで、今後も我が社を利用してもらいたいから神のごとく扱ってくれ、と上司にきつく言われていたのだ。男性スタッフが大勢いる中で自分が選ばれたのは驚きでもあり、うれしくもあった。だが、インペリアル・リムジンズでは、身の安全に細心の注意を払う客を扱った経験がないため、空港へ向かう前にクリストス・ステファニデスのボディガードたちが会社にやってきたときはひと騒動だった。彼らはみすぼらしい会社の建物をうさんくさそうに見やり、ベッツィが使う予定の車をばかにしたように眺めた。それから彼女に運転歴を問いただし、今後の行動をずっと監視すると言い渡した。救いようのない性差別主義者たちだ、とベッツィは苦々しく思った。彼らは今、ギャング映画に出てくる俳優よろしく、空港の駐車場を巡回していた。

視線を感じ、ベッツィはさっと振り返った。ひとりの男性が大股で近づいてくる。まるでスローモーションを見ているようだ。男性は背が高く、体は引きしまり……あまりに美しい。ベッツィは胸が締めつけられて息もできず、彼から目を離すこともできずにいた。

だが、幸いすぐに頭が働きだし、麻痺《まひ》状態から立ち直った。

「ミスター・ステファニデスですね」かすかに息が弾んでいたものの、ベッツィはなんとか落ち着いた口調で言えた。

「君は？」

「ベッツィ・ミッチェルです」後部座席のドアを開け、手で押さえる。

「ベッツィか……」クリストスは噛《か》みしめるように言った。

太くゆったりとした男性的な声で、官能的な響きがある。ベッツィはこんな声を今まで聞いたことがなく、こわばった背筋に震えが走るのを感じた。

「ミッチェルでけっこうです」感情を抑えて言う。身分の違いすぎる彼との間に防壁を築き、ベッツィは内心ほっとしていた。

人から言い返されることに慣れていないクリストスは、あっけに取られて彼女を見下ろした。思っていたほど背は高くない。百七十三センチくらいだろう。しかも、プロ意識に徹した冷静さは見かけ倒しだ。人を見る修練を積んできたクリストスには、彼女のか細い体がかすかに震えているのがわかった。

「ベッツィのほうがいい」彼は優しくささやいた。

ベッツィはとまどって顔を上げ、初めて黒く輝く瞳をまともに見つめた。口の中がからからになり、心臓が早鐘を打ち始める。彼の挑発的な視線がふっくらとした唇に注がれ、つんと突き出た胸へと下りていき、再び彼女の目をとらえた。言葉に出さなくても、彼が性的な関心を寄せているのがはっきり伝わってくる。

動揺したベッツィが意を決してハンサムな顔から目をそらすと、クリストスは素早く車に乗りこんだ。

運転席に座り、ハンドルを握ったベッツィは、手が湿っているのに気づいた。彼はわたしをものにできるとでも思っているのかしら？　さっきそんな目で彼を見つめていたからでしょう。心の中で意地の悪い声がする。ベッツィは恥ずかしくなり、頬を染めた。いったいどうしちゃったの？　彼なら、どんな女性だって見入ってしまう。ごく自然な反応なのだから、自分を責める必要はないはずよ。本当にゴージャスな人だもの。生身の人間だとは信じられないくらい。ピンを刺したら本当に血が出るのかとわたしに試されなくて、彼は幸運だったわね。

引きつった笑いがこみあげ、ベッツィは口を開いた。「入り用なものはございませんか？」

「冷蔵庫に水が入っていない」

これだけ清涼飲料がずらりと並んでいたら、大満足かと思っていたのに！　お金持ちは細かいことにうるさいって聞くけど、本当ね。味覚が洗練されているから、炭酸水を受けつけないんだわ。

ベッツィは車を最寄りのガソリンスタンドのそばに寄せ、外へ出ようとした。そのとたん、ガラス越しにクリストスから声がかかった。

「なぜ止めた?」

ベッツィは驚いて振り返った。「水が欲しいとのことですので、買い求めようかと思いまして。お客様のご要望にはすべて応じるように言われているんです」

「僕が欲しいのは……」クリストスの口調はベルベットのようになめらかだった。

クリストスを見つめているうちに、ベッツィは彼の動物的な磁力と異国ふうの美しさのとりこになった。白っぽい革張りのヘッドレストに、豊かな黒髪が映え、肌はブロンズ色、頬は男らしい輪郭を描いている。そして鼻は傲慢さを表し、のみで削ったような大きな口はいかにもセクシーだ。極めつきは焼けつくような金色に輝く黒い瞳で、見ているだけで、女子学生のように胃がひっくり返ってしまう。

ベッツィは彼の視線をやっとの思いで振りきり、ガソリンスタンドの売店へ急いだ。脚に力が入らず、めまいさえする。彼はおもしろ半分に誘惑しているだけよ。そんな男性は珍しくないし、出会う女性みんなにそうする人だっている。〝僕が欲しいのは〟と言われただけで、十代の少女みたいな気持ちになってしまうなんて。ベッツィは困惑し、目をしばたたきながらレジをあとにした。

車に戻る途中、ベッツィの前に巨漢のボディガードが立ちふさがった。

「我々に予告なく車を止めていいと誰が言った？　ミスター・ステファニデスを車に残し、ロックもしていない。どこまでおまえは間抜けなんだ？」

突然ののしられ、ベッツィは驚いた。「止まるのに許可が必要だなんて誰からも言われていないし、あなたに前もって断るべきだとも――」

「次の動きを前もって知らずに、どうやってこの仕事ができると思っている？　予定外の行動は二度とするな」

車に戻ったベッツィの顔は怒りと困惑に青ざめ、後部座席を振り向きもせずに水を置き、エンジンをかけた。理不尽な非難が心に重くのしかかっていた。今までは結婚式や舞踏会がらみの客がほとんどだった。インペリアル・リムジンズは小さな会社で、ＶＩＰの顧客リストなど存在しない。経済界の大物の扱いには不慣れで、客の安全確保に関してはなんの訓練も受けていなかった。さっさとこの人を目的地である田舎の瀟洒《しょうしゃ》な家に送り届け、肩の荷を下ろそう、と彼女は思った。

「今、外で何があった？」クリストスが尋ねた。

「なんとおっしゃいました？」ベッツィは無表情を装い、そっけない声できき返した。

「僕の護衛がひとり近づいただろう」ボディガードのリーダーを務めるドリアスは人を不愉快にさせる言い方をする。社交的とはおよそ言いがたい男だ。クリストスは、ベッツィが緑色の瞳に怒りを宿し、女らしい顎をつんと頑固に上げるさまを目撃していた。そのとたん車を飛びだし、けんかをしたいのならば己と同じ体格の男としろ、とドリアスに忠告したくなった。そして、そんな衝動に駆られた自分にぎょっとした。

「ああ、あれは……なぜ車を道ばたに寄せたのか、きかれただけです」ベッツィはさりげない口調を努めた。

ドリアスのやつ、彼女の頭に煉瓦《れんが》一トンを降らせるような言い方をしたのだな、とクリストスは察した。「君を怒らせることを言ったんだな」

「そんなことありません！」顧客にかかわりのある人の悪口を言えるわけがない。

ベッツィが嘘をついたことが、クリストスの癇《かん》に障った。どう考えても、あれは怒りの表情だった。彼女は自分の感情を隠すのが不得手だ。必要もないのにあれこれとスイッチやダイヤルをいじっている。時をおかずして運転席と後部座席とを仕切るガラスを上げられ、クリストスはさらにおもしろくない気分になった。

ベッツィはこの最悪の一週間について考えまいとしていた。ジョー・タイラーに関する自分の勘を無視したばかりに、ひどい目に遭った。あのときのことを思い出すと、全身に冷たい震えが走る。初めてのデートの終わりに、彼は車を止めてわたしを売春婦のように扱った。力ずくで振りきったものの、本当に怖かった。あの恐怖を思うと、クリストス・ステファニデスに子どもっぽい反応をしてしまう自分が不思議でならない。ジョーに惹《ひ》かれる気持ちはまったくなく、思わせぶりな言動も決してしなかった。じゃあ、クリストス・ステファニデスは？　この人なら安全よ、寝室の壁に貼《は》ったポスターみたいな存在だもの。

ベッツィはアクセルを踏みこんだ。

クリストスにとって、これほど徹底的に女性から無視されたのは初めての経験だった。ベッツィの後頭部に向かって話しかける気にもなれず、彼は車内電話の受話器を取った。

「次の角を曲がろう。ホテルがあるから、そこで休憩だ」

「それも予定の一部ですか？」ベッツィは尋ねた。

「この週末は予定などない。仕事はなしだ」クリストスはきっぱりと言った。

リムジンがまたもや予定外の行動に出たら、ボディガードたちは大騒ぎするに違いない。だがベッツィは、ほほ笑んで振り返り、ＶＩＰと目を合わせるようなまねはしなかった。彼女は二十五歳、ほとんど見ず知らずの男性に甘い夢をいだくような年齢ではなかった。

優雅なホテルの玄関前に敷きつめられた砂利を踏みしめ、ベッツィは後部座席のドアを開けた。

「何時間も車の中にいるのは苦痛なんだ」クリストスは太い声で悠長に言った。「コーヒーを飲もう」

ベッツィはつい自分に課した禁止命令を忘れ、彼を見あげてしまった。黒いまつげに縁取られた、金色に輝く目と視線が合う。「ありがとうございます……でも、わたしは車に残っています」

クリストスの目が険しくなった。「これは……命令だ」

理屈に合わないことを平然と言われ、ベッツィは思わずまじまじと彼を見てしまい、慌ててうつむいた。顔が上気していく。この人は運転手にちゃんと休憩をとらせるべきだと考えているんだわ。それなら話がわかる。ベッツィはそう思って車をロックし、彼のあとをついていった。

案の定、ボディガードのドリアスが大股でやってきたが、クリストスが母国語で穏やかに二言三言告げただけでドリアスは青くなり、慌てて引き下がった。

ホテルの中は豪華な調度が備えつけられ、時を刻む時計の音が静かに響いている。まるで個人の別荘といった趣だ。ベッツィはひどく落ち着かない気分だったが、連れはまったく動じない。フロント係と落ち着いた様子で話をする彼の姿には、生まれたときから人にかしずかれてきたのではないかと思わせる雰囲気がある。

「一緒に座りたまえ……」クリストスは引きしまった褐色の手で、みごとな大理石の暖炉のそばにある肘掛け椅子を示した。

ベッツィは暖炉の残り火をじっと見つめながら応じた。「わたしにはふさわしくないと思います」

「何がふさわしいかは僕に決めさせてくれ」

「仕事中の休憩でしたら、どう過ごすか自分で決める権利があります」ベッツィははっきり言った。

「君のようなしっかりした性格の女性に、無理強いは通用しないようだな。謙虚に頼もう……僕とコーヒーをつき合ってくれ」

謙虚にですって？　本気で言ってるのかしら？　ベッツィは吹きだしそうになった。こんなに平然としていて傲慢な雰囲気をたたえている人に、謙虚とはどんなものかわかるわけがない。でも、どうしてわざわざわたしを誘ったのだろう？

「なぜ？」大胆にもベッツィは顎をつんと上げ、緑色の瞳をいぶかしげに光らせた。

なぜ僕に食ってかかるような態度をとるんだ？　空港の駐車場で初めて視線を合わせたとき、クリストスは彼女が欲望をいだいたのを察していた。彼女は熱い思いを隠しきれずにいた。クリストスは十代のころから、大勢の女性がそういう表情を浮かべるのをさんざん見てきた。だが、くどくのにこれほど苦労したことはなかった。この女性は僕の出鼻をくじいてばかりいる。たいていの女性は、僕が声をかけたら飛びついてくるのに。クリストスはしだいに面倒くさくなってきた。

「人と一緒にいたい気分なのさ」クリストスはさりげなくつぶやいた。

ベッツィは考えこんだ。運転手という境界線を越えてわたしをもてなそうとした客は今までひとりもいない。なぜこの人だけが？　身に着けている制服は古くさくて格好もよくないし、勤務中に男性から熱い視線を浴びることもめったにないのに。

「結婚しているのか?」突然、クリストスが尋ねた。「あるいは、誰かと一緒に暮らしているとか?」

「いいえ……でも……」

クリストスはベッツィの背中に手をあてがい、豪華な布張りのソファに座らせた。「だったらつき合いたまえ」

ベッツィは憮然《ぶぜん》として腰を下ろした。かたくなに黙りこむ彼女を相手に、クリストスは最近出席したホテルでの結婚式の話を始めた。とても楽しい人だ、とベッツィは思った。ハンサムな顔から目をそらすことができない。彼を見つめる口実ができてよかったとひそかに思う。いつしか彼女はクリストスのすべてに魅了されていた。

コーヒーを飲んでも味がわからない。クリストスに促されるまま帽子を取ったベッツィは、彼に見つめられて顔を赤らめながらも、クリストスの質問に答えていった。二十五歳、独身で、インペリアル・リムジンズに勤めて三年になること、車関係の仕事に就きたいとずっと思っていたこと。

最初のうち、彼の質問は会話をとぎれさせないための方便だとベッツィは思いこんでいた。自分に関心があってきいているのではない、と。容姿に自信のないベッツィだったが、それでも徐々に、クリストス・ステファニデスが彼女に魅力を感じ、快い反応を求めていることがわかってきた。

そして彼の動機がはっきりしたとき、ベッツィは帽子をかぶり直して立ちあがった。

「わたしはあなたの運転手です。それ以外になんの関心もないわ」

突然にべもなく言われ、クリストスははじかれたように席を立ち、黒い氷のような瞳で彼女を見下ろした。「嘘だね」

ベッツィは白い肌に赤みが差すのを感じつつも、顎をつんと上げて言った。「買う気がなくても、絵を見て楽しむことはできるわ」

「これは状況が違う――」

「状況なんてありません。仮にあったとしても、ろくなものじゃないわ」自分のふるまいを正当化しようとするクリストスが腹立たしい。「社交の場でもないし、あなたのために仕事を首になるようなまねはできません。わたしはリムジンの運転で生計を立てているんです。あなたはわたしみたいな人を雇うこともできるし……つまり――」

「僕は俗物じゃない」

「そうかしら?」ベッツィは片方の眉をいぶかしげに上げ、緑色の瞳に軽蔑《けいべつ》と怒りをたぎらせた。「だったら、わざわざデートを申しこむこともないでしょう? どうせ行き着く先は安っぽいたわむれだって見え透いているもの。そんなのはごめんです!」

あの帽子をはぎ取ってやりたい。そして? クリストスは拳《こぶし》を固めた。そして、安っぽいたわむれとやらを存分に味わわせ、僕が目をつけたことに、ひざまずいて感謝させてやる。人目を気にしなければならない場所で攻撃され、思うように言い返せないのがよけいに腹立たしい。喫茶室の向こうのほうでは、ボディガードたちがあらぬ方向を見やっている。つまり、一部始終を見ていたというわけだ。プライドを傷つけられたクリストスは、あまりに不公平だと思いながら、ベッツィが大股でホテルから出ていくさまを見つめていた。

本当に口先がうまく、計算高くて非情な人ね。ベッツィは運転席にどさりと腰を下ろしたが、怒りのあまり、体が震えていた。甘い言葉でわたしを上の階の部屋へ連れていけると思っていたのかしら？　一緒にコーヒーを飲もうと誘ったのは、そういう下心があったからよ！　わたしが安っぽくて、簡単にくどける女性に見えたのかしら？

彼がこちらにやってくるのがサイドミラーに映り、ベッツィは身をこわばらせた。

クリストスはドアを開けず、いかつい顎を強情に突きだしている。雷が鳴っても、大風が吹き荒れても、開けてもらうまで立ちつづけるつもりらしい。仕方なくベッツィはぎこちない身ごなしで外に出て、後部座席のドアを力任せに開けた。

「ありがとう」愛想のいい言い方だった。

この瞬間、ベッツィは彼を憎いと感じた。人をこれほど憎んだのは初めてのような気がした。

それから一時間、ベッツィはよけいなことはいっさい考えず、運転に集中した。幹線道路を離れ、静かな田舎道に入ったため、スピードは出せない。一台のトラクターがろくに合図も出さずに車線を越えて出てきた。動きの鈍いトラクターは護衛の車の前に割りこみ、ベッツィは思わず笑いそうになった。

そのとき、後部座席との仕切りが低い音をたてて下がり、クリストスが皮肉たっぷりに言った。「念のため言っておくが、僕は安っぽいセックスなどする趣味はない」

「その件でお話しなさりたいのなら、わたしがもうこの仕事から解放されて、あなたに礼儀を尽くさなくてもいいようになってからにしてください」ベッツィはぴしゃりと言い返した。

「ホテルでのあの態度が……礼儀を尽くしていたとでも？」

ばかにしきった彼の口ぶりに、ベッツィは、車を止めて後部座席に乗りこんで彼をひっぱたきたくなった。「あなたが節度を欠いていたからです。自分の運転手をくどくなんて、どういう人かしら？」

「俗物根性の塊と見なされた人さ」クリストスは癪《しゃく》に障るほど堂々と言ってのけた。

そのとき、ベッツィは前方の道ばたに男性がひとりしゃがんでいるのに気づいた。次の瞬間、灰色の金属がきらめき、こちらに飛んできた。リムジンはそれに乗りあげ、タイヤがひとつ、またひとつとパンクし、ベッツィがハンドルを切る間もなく車は溝にはまってしまった。全身の骨ががたがたするほど激しい衝撃だった。その衝撃がおさまるのとほぼ同時に、運転席のドアが乱暴に開けられた。

ジョー・タイラーが車内をのぞきこんでいる。さっきの衝撃で気を失っていたのかしら、とベッツィは一瞬思った。彼がここにいる理由はほかに考えられない。「ジョー？」衝撃からまだ立ち直れず、ベッツィはこわごわ声をかけた。

「ぐっすり眠ってもらおう、ベッツィ」

彼の手に銃のようなものが握られていることに気づいたとたん、腹部にうずくような痛みが走り、手足に力が入らなくなった。ジョーは彼女を布袋か何かのように邪険に脇《わき》へ押しやった。気を失う直前、ジョーが何か言うのが聞こえたが、もう理解する力は残っていなかった。

「おまえみたいなやつがおれのガールフレンドを気に入るとはな……ま、せいぜい驚いてもらうぜ！」

ベッツィは頭の中で黒い雲が渦巻くように感じ、座席に倒れた。一瞬のち、彼女の顧客も同じ状態に陥った。

2

先に意識を取り戻したのはクリストスだった。

目を開けるなり、彼は全身に残る倦怠《けんたい》感を払いのけて飛び起きた。状況を判断するべく、鋭い目で見慣れない部屋を見まわす。同じベッドに寝ている女性はまだ意識を失ったままだ。帽子はなくなり、鮮やかな金褐色の髪が額にかかっている。肌は雪のように白い。童謡の《メリーさんの羊》を思い出し、クリストスは低く笑ったが、そこに愉快そうな響きはなかった。

ベッツィ・ミッチェルがこれほど危険な女性だったとは！　仕組まれた罠《わな》にまんまとかかった自分が腹立たしくてならない。だが、彼女が仲間に裏切られ、被害者である僕と同じ扱いを受けたのは、自業自得というものだ。僕は被害者となるくらいなら死を選ぶ人間だ。そのことを思い知らせてやる。

ベッツィは激しい喉の渇きで意識を取り戻した。手足が鉛のように重く、体がひどく熱い。何か変だ。服を着たまま寝たことなどないのに、今は服を着ている。見知らぬ部屋の風景が視界に入ったとたん、彼女はジョーに攻撃されたときのことを思い出した。おなかを押さえると、かすかにひりひりする。制服の上着を脱ぎ捨てたベッツィは、シャツの裾《すそ》を引きあげて小さな赤い傷に触れ、呆然《ぼうぜん》とした。気を失っていたということは、ジョーに麻酔銃か何かで撃たれたのだ。でも、ジョーがなぜそんなことを？　クリストス！　彼はいったいどこにいるのだろう？

ジョーは拒絶されたことを根に持って、わたしを誘拐したのかもしれない。ベッツィは怖くなり、なんとか上体を起こした。靴は片方しか履いていない。彼女はその靴を脱ぎ捨ててベッドを飛び下り、一メートル半ほど先にある大きく開いたドアへ向かった。

ベッツィは戸口で不意に立ち止まった。口をあんぐりと開け、目をぱちくりさせる。ほんの数十メートル先に真っ青な海が広がり、波が砂浜に打ち寄せていたのだ。幻覚だわ。こんなにきれいな景色が見えるなんて。リムジンのハンドルを操作しそこねたときは雨が降っていた。イギリスの典型的な春と言えるような天候だった。晴れていたかと思うと雨が降り、また晴れる。なのに、今は晴れわたり、日差しがきつい。まるで地中海沿岸にいるみたいだ。

砂浜の北端にある岩の陰からクリストスが姿を現した。ベッツィは胃が宙返りしたような気分になった。無事だったのだ。彼の姿を見て、なぜか恐怖が薄らいだ。クリストスが近づいてくる。スーツの上着もネクタイもないので、開いたパールグレーのシャツから褐色の喉がのぞき、広い肩がはっきりと見て取れる。黒髪は乱れ、意志の強そうな顎から大きく官能的な口にかけ、髭《ひげ》が伸びて青黒くなっている。それでも彼はすてきだった。ベッツィの胃がまたもや宙返りをした。彼女はクリストスの強烈な性的魅力に圧倒された。

クリストスはベッツィの姿を認めて立ち止まった。厳しい表情を浮かべ、彼女を見すえる。「ここはどこだ？」

なぜか、まるでわたしが知っていると言わんばかりだ。ベッツィは眉をひそめた。「わからない……あなたは？」

「知るわけないだろう？　しらを切るのはよせ」

ベッツィは緊張して背筋をこわばらせ、靴を履いてないことも忘れて熱い砂地に足を踏みだした。しかし、ナイロンのストッキングだけではあまりに熱く、家の前に生えている節くれだった木の陰に急いで避難した。「しらを切る？」

「僕を誘拐する計画にかかわっていたのはわかっている――」

「なんですって？」

「ここで目が覚め、仲間に裏切られたとわかって、さぞかしショックだったろう」

「仲間？　いったい何を言ってるの？」ベッツィは心底とまどい、食ってかかった。

「僕たちに薬を撃ちこんだあのゴリラの名前を君は知っていたじゃないか」

頭がいつものように働かず、ベッツィはいらいらした。ゴリラって……ジョーのこと？

ジョーが誘拐にかかわっていたのは確かね。わたしたちを襲ったのだから。「ジョーはインペリアル・リムジンズで働いているの……彼が車のドアを開けたときは、何が起きているのかわからなくて――」

「彼の名前をやけにうれしそうに呼んでいたぞ」クリストスは反論した。

「気が動転していたのよ……あれが仕組まれたものだなんて考える暇もなかった」ベッツィは不安げに額に手をやった。ストレスと慣れない暑さとで、額がじっとりと汗ばんでいる。彼女は髪を留めているクリップを外し、それが当たっていた首筋をさすった。「車の前に投げられたものに刺《とげ》がついていたんだわ。タイヤをパンクさせ、車を止めるのが目的だったのね」

クリストスはベッツィをじっと見つめた。「無実だと思わせようとしても、時間の無駄だぞ。そういう態度はよけいに不愉快だ」

不安がさらにつのり、ベッツィはクリストスを見返した。「本気で言ってるの？　でも、ジョーを知ってるからって、わたしが犯人の仲間だとは決めつけられないでしょう」

「そこまで単細胞じゃない」クリストスはばかにしたような視線を送った。

「同じ職場で働いているんだから、知らないわけないでしょう？」

「君とジョーとの関係はそれより少々親密な感じがしたけどね」クリストスは穏やかに、だが傷ついたような言い方をした。

口にしたくない事実をほのめかされているように感じ、ベッツィは気が重くなった。

「どういうことかしら？」

「彼は君のことをガールフレンドだと言っていた」

ベッツィは顔がほてった。意識を失う直前にジョーが言っていたのはそういうことだったのだ。「一度だけデートしたわ……納得した？」

「今は納得できる状況ではない。こんないまいましい陰謀に君はどっぷりとつかり――」

「連続殺人犯と一度でもデートしたら、連帯責任で罪を問われるの？」ベッツィは強い口調で言い返した。クリストスの言い分は筋が通らない。ジョーのような人間とデートしたと思うと恥ずかしくなるけれど、わたしの言動が原因でこういう状況に陥ったわけではないはずよ。

「くだらない言い合いをしている暇はない」クリストスは歩を進め、ベッツィの腕に手をかけた。「僕は誘拐された。命がかかっている。誘拐犯たちが次の行動に出るまで、孤島で手をこまねいているつもりはない――」

「ここは島なの？」ベッツィは驚いて口を挟んだ。クリストスの長い指が腕に食いこみ、少々痛い。

自分はかなり背が高いとベッツィはいつも思っていた。だが、見たところクリストスは百九十センチ以上あり、自分が小さくなったように思えてしまう。実際、ベッツィは恐怖を覚えつつあった。彼はとても力が強く、激怒していて、わたしの話など聞いてくれない。でも、彼を責められない。誘拐され、命の保証もない状況に置かれているのだから。誘拐犯のひとりと親しそうに見えた女性を疑っても無理はない、とベッツィは思った。

「さあ、どこの島だ?」クリストスは荒々しく問いただした。「知っていることを洗いざらい白状するんだ。誘拐犯が次にどういう行動に出るか見極める必要がある!」

「本当に何も知らないのよ……」ベッツィは彼の腕を振りほどき、急いであとずさった。

「信じてほしい」

「断る。君はおとり役だった。実にすばらしいおとりだったよ。僕はえさに飛びつき……」

ベッツィはか細い体をこわばらせ、じりじりと彼との距離を広げていった。クリストス・ステファニデスがどういう人か何も知らない。わたしが共犯者だと思いこんでいる以上、情報を得るために彼が実力行使に出る恐れもある。できるものなら十日前に戻りたい。十日前まで、ベッツィは自分の面倒は自分で見られると信じていた。たいていの男性は暴力を振るったりしない、とも。だが、ジョー・タイラーに男性の力を思い知らされ、男性と一緒にいるのが怖いとすら思うようになっていた。

「おとりでもなんでもなかったのよ」クリストスの言っている意味がもうひとつ理解できないながらも、ベッツィは誠実さをこめてはっきりと言った。「あなたの誘拐にわたしはいっさい関係していないわ。わたしだって、あなたと同じくらいショックを受けているんだから」

ベッツィが動くたびに、波打つ巻き毛が陽光を浴びて濃い赤銅色に輝く。髪を下ろしたのは僕の気をそらそうという魂胆だ、とクリストスは決めつけた。「ボーイフレンドに裏切られるまで、君は陰謀に加担していたんだ――」

「彼はボーイフレンドじゃないわ……一度デートして、気味の悪い人だとわかったのよ！」クリストスになかなか信じてもらえず、ベッツィはいらだちをぶつけた。

「君の嘘《うそ》など信じないからな。情報が欲しい。今すぐにだ」クリストスは容赦のないまなざしをベッツィに注いだ。「僕の命を危険にさらしたからには、君には情報を提供する義務がある。さあ、話したまえ……」

クリストスの全身から冷たいものが発散され、言葉には表れない脅威がひしひしと感じられる。低く太い声が背筋を冷たく這《は》うようだ。ベッツィはいきなり踵《きびす》を返し、砂浜を走った。クリストスが大声で呼び止めるのを無視して、ベッツィはさらに足を速めた。

クリストスは低くののしった。ベッツィの瞳の底には紛れもない恐怖が潜んでいた。彼女の周囲には拳《こぶし》を振りあげる男性がいるのか？　クリストスは心を揺さぶられた。彼自身は女性に手を上げたことは一度もない。もっとも、そんな気持ちにさせる女性などひとりもいなかったが。クリストスはため息をついた。僕の命がベッツィ・ミッチェルの握る情報にかかっているのは確かだが、彼女を脅したのは間違いだった。

ベッツィは砂丘を駆け抜け、草をはんでいた数頭のやせた羊を驚かせてしまった。「大丈夫よ」すまなそうに声をかけたものの、一度逃げた羊は戻ってこない。

クリストスが気持ちを落ち着けてくれるまで距離をおこう。この暑さにもかかわらず、ジョーのことを思うと寒気がする。ジョー・タイラーというのが本名かどうかも怪しい。彼がインペリアル・リムジンズに入社したのは、クリストスが予約を入れたあとだった。ジョーはクリストスの誘拐が目的で入社したに違いない。でも、ジョーが最初からわたしに目をつけ、デートに誘ったというのがどうしてもわからない。

ベッツィは木陰に入り、激しい喉の渇きを意識しないよう努めた。石造りの家の屋根がまだ見えている。その向こうにもうひとつ小さい建物がある。ボートハウスかしら？　建物と桟橋の間に造船台があり、ほかはどこを見てもターコイズブルーの海と淡い金色の砂とみずみずしい緑ばかりだ。信じられないほど美しい。でも、こんな景色なんかいらないから、飲み物が欲しい。羊はどうやって生き延びているのだろう？　どこかに真水があるに違いない。

しばらくベッツィは探しまわり、木々の張りだした枝の下を小川が流れているのを発見した。水は透明で、川底の小石の色まではっきりわかる。彼女は何度も手ですくっては喉を潤し、ついでに顔も洗った。やがて眠気に襲われて、木陰の涼しい土手で腕を枕《まくら》に寝そべり、そのまま眠りに落ちた。

はっと目を覚ましたベッツィは、腕時計を見やった。あれからもう何時間もたち、あたりは夕闇《やみ》に包まれつつある。彼女は立ちあがり、浜辺のほうへ向かった。しかし運悪く途中でつまずき、石の角で足を切ってしまった。破れたストッキングを脱ぎ、傷を調べると、血がどくどく流れている。ベッツィは顔をしかめ、ストッキングを細く裂き、包帯代わりに使った。そして、塩水には殺菌作用があると聞いたのを思い出し、足を引きずって海岸に向かった。

ベッツィが海に張りだした岩をよじのぼり、足を洗える場所を探していたころ、クリストスは五度目になる島の探索を終えたところだった。暗くなってきたというのに、ベッツィの姿はどこにもなく、不安はつのるばかりだ。隠れられそうな場所はすべて調べたが、彼女がいた形跡すらない。もう一度浜辺に出たとき、彼女が岬の岩の上に立っているのを見つけて心底ほっとし、急いでそちらへ向かっていった。彼女はほっそりした脚一本で鷺《さぎ》のように立っているが、バランスがうまくとれず、体がふらついている。波の打ち寄せる岩の端にいながら、危険を認識していないようだ。

「ベッツィ……戻ってこい！」クリストスはいつもの命令口調で声をかけた。彼の従業員たちならすぐに従うだろう。

岩の隙間《すきま》の水たまりに足を入れようとしていたベッツィは、威圧的な声にびくっとして振り返った。その拍子にバランスを失い、つるつる滑る岩に足をとられ、彼女は悲鳴もろとも海に転落した。水は深く、潮の流れは速い。必死に水をかいても、浮いたと思う間もなく沈んでしまう。

クリストスはすぐさま海に飛びこんだ。

肺が破裂する、とベッツィが思ったとき、力強い腕が体にまわされ、顔が水面に出た。ベッツィは激しく咳《せ》きこみ、必死に酸素を吸いこんだ。クリストスは彼女を抱えて岸まで泳ぎ、砂浜に引きあげた。

「大丈夫よ……」ベッツィはあえぎながら言った。

クリストスがギリシア語で何か言った。彼女を支える手は驚くほど優しい。ベッツィは今になっておぼれかかった恐怖に襲われ、涙がこみあげてきた。こらえようとするものの、押し殺したすすり泣きが唇の間からもれる。

クリストスはベッツィの気持ちを察し、彼女の背に手を添えて家へと向かった。「足をどうした?」

「切ったの……」

クリストスは厳しい表情を浮かべ、身をかがめてベッツィを抱きあげると、バスルームへ連れていった。そして、床に立たせた彼女が震えているのに気づき、語気を強めて言った。「大丈夫だ。誰も君を傷つけたりしない。僕と一緒にいれば安全だ……わかったか？」

金色に輝く黒い瞳と目が合い、ベッツィの鼓動が急に速くなった。「わかったわ……」

「足を見せてごらん」ベッツィをクッション付きの籐《とう》椅子に座らせたクリストスは、足の裏の深い切り傷を見て眉を寄せた。

「お風呂に入りたいわ」ベッツィは小声で言った。

「こんな傷では無理だ」

「海草みたいな匂《にお》いがして……」

「姿も人魚みたいだよ……」クリストスはベッツィの全身を眺め下ろした。ずぶ濡《ぬ》れになり、髪にいつも以上のつやがある。色白の肌はほんのり日焼けし、瞳は彼が愛してやまない青緑色の海のように鮮やかで、微妙に色が変化する。

「脚が魚に見えるとか？」ベッツィはからかった。

クリストスは彼女の脚を見て、すぐに後悔した。見ただけで体が反応し、いつもの強固な自制心すら失いかねないほど激しい欲望に駆られてしまったからだ。「みごとな脚だな」彼は正直に言った。ほっそりした腿、優雅な膝、きゅっと引きしまった足首。足はびっくりするくらい小さく、芸術品さながらだった。

ベッツィは頬を染めた。クリストスのそばにいるのが気恥ずかしく、立ちあがってバスルームへ向かう。「すぐに出るから」そのときになって、彼の服もずぶ濡れであることに彼女は気づいた。

「泳げないんだろう。もう二度と岩の上で踊ったりするな」バスルームの戸口でクリストスが忠告した。鋭く光る瞳は漆黒のまつげの影になって見えない。

「踊っていたんじゃないわ……消毒しようと思って、傷口を海水で洗おうとしていたのよ」

「敗血症を起こしたかったのか？　大げさにふるまうのはよせ――」

ベッツィは真っ赤になって抗議した。「大げさにふるまってなんかいないわ」

「僕から逃げた理由がほかにあるというのか？」クリストスはあざけった。「僕は女性を虐待などしない。わかったか？　君を捜しまわってこれ以上時間を無駄にしたくないんだ。今日の午後は君を捜すのでつぶれてしまった。もっと大事なことを考えなければいけなかったのに――」

「捜してと頼んだ覚えはないわ。あのときは頭が混乱していたのよ。目が覚めたらひどく気分が悪くて、見知らぬ場所にいて、あなたはとても怒っていて……」だが、その彼が命を救ってくれたのだ。ベッツィはまだ礼を言っていないことに気づき、ばつが悪そうに小声で言い添えた。「さっきはどうもありがとう」

「礼には及ばないよ。君が誘拐犯の仲間だとしたら、元気なまま警察に引き渡したいからな」クリストスはからむような言い方をした。

ベッツィは怒りのあまり瞳をエメラルドのように光らせた。「ここから出ていって！」

クリストスは肩をすくめ、流れるような足どりでゆっくりと戸口から離れた。そして、ドアの向こうでにやりとした。ベッツィを怒らせるのは簡単だ。

ベッツィは埋めこみ式のバスタブに入った。ジェット水流付きで、周囲は色とりどりのタイルがモザイク模様をなし、床は大理石だ。贅《ぜい》を尽くした造りだ。この家は外見は素朴だが、今まで見た限りでは、内装にはふんだんにお金をかけている。犯人は誘拐した人をいつもこんなふうに寛大にもてなしているのだろうか？

ベッツィは髪を念入りに洗い、大きなタオルに身を包んで、寝室に戻った。壁は地中海のように青く塗られ、巨大なベッドには彫刻をほどこした頭板がついている。白いシーツはこざっぱりして、端にレース飾りがついていた。

まもなくクリストスが戸口に現れた。髪をとかし、髭をきれいに剃《そ》った彼はあまりに魅力的で、ベッツィはひと目見ただけで息苦しくなった。

「外のシャワーを使ったんだ」

ベッツィは狼狽《ろうばい》しながらも、みごとな仕立てのベージュ色のチノパンツと半袖《そで》の黒いシャツを観察した。「服はどこで調達したの？」

「僕の旅行かばんもここに運ばれていたんだ。足を見せたまえ。キッチンに救急箱があった」

彼の手はひんやりしていた。豊かな黒髪が窓から差しこむ淡い夕日に輝いている。その髪に指を走らせたいという誘惑に屈しないよう、ベッツィは両手を強く握りしめた。こんなふうに思うのは生まれて初めてだった。ベッツィは座ったままじっとして、クリストスが手際よく消毒し、絆創膏《ばんそうこう》を貼《は》るのを見守った。

「シャツを貸そう」クリストスは立ちあがって言った。

ベッツィは彼を食い入るように見つめていたことに気づき、顔をそむけた。彼がそばにいるとなぜろくにものが言えなくなってしまうのだろう、といぶかりながら。「こんなところとは思わなかったわ」

「ここは金持ちの新婚旅行客用につくってあるんだろう。僕たちのために誰かが借りたんだ。隣の部屋には豪華な花とシャンパンまで置いてある」

「新婚旅行客用ですって?」ベッツィはクリストスが投げたシャツを受け止めた。

「小さな無人島は、誰にも邪魔されず、ハネムーンにはぴったりだ。緊急用に置いてあるはずの無線は、さすがに取り外してあった」

ベッツィは青いシャツを着て、慎重に袖をまくりあげた。ボタンを留め、そっとタオルを引き抜く。見るべきではないとわかっていても、クリストスは見ずにいられなかった。彼女は僕のシャツの下に何も身に着けていない。そう思うと、欲望が猛烈な勢いでわきあがり、抑えつけるのが大変だった。自分にこういう弱点があるのが腹立たしい。彼女はあのゴリラのガールフレンドだった。誘拐犯が捨てた女性を求めるなど、癪《しゃく》に障る。木綿のシャツはとても薄く、つんととがった胸の頂が淡いピンク色をしているのが透けて見える。下腹部のかすかな陰りまで。自分を抑えつけられそうにない。なんということだ。これではセックスを空想の世界でしか体験していない十代の少年と同じではないか。

「食事をしなければ」ベッツィはクリストスの脇《わき》を通り抜けた。「食べ物があるといいんだけど」

「料理ができるのか？」

ベッツィは清潔なキッチンに入った。「上手なものよ……どんな男性でも涙を流して喜ぶわ」言いながら冷蔵庫へとまっすぐに向かう。

「どうやってもてなしていた？」クリストスがかすれ声で聞いた。

ベッツィは頬を赤らめた。「冗談よ」

油断して、炎のような瞳と目を合わせた瞬間、ベッツィはめまいを覚えた。彼との間に流れる目に見えないもののせいで、妙に気分が高揚してしまう。肌は熱く張りつめ、胸はふくらみ、その先端は硬くとがっている。いちばん大切な場所まで……ベッツィは恥ずかしくてたまらなくなった。クリストス・ステファニデスはそばにいるだけで、ここまで肉体的な反応を与えられるのだ。ローリーとつき合っていたころでさえ、こんなことはなかったのに。料理に専念しよう。ベッツィはクリストスから視線を引きはがした。

手早くいため物をつくる彼女を、クリストスは感心して眺めていた。

「わたしたち、どうやってここへ連れてこられたと思う？」食卓に着いてからベッツィは尋ねた。

「おそらく私設の飛行場から貨物として運びだされ、最後はボートを使ったに違いない。こんな形で帰国するとはな」

「帰国？」

「ここはギリシアだ」

「そんなことわからないわ」

「僕はギリシア人だ。祖国の匂いくらいわかる」

ベッツィは黙って料理を口に運んだ。クリストスはうぬぼれが強く、傲慢《ごうまん》で、まさかと思うようなことまで知っている。彼女は席を立ち、硬い口調で言った。「もう寝るわ」

「ゆっくり休みたまえ」クリストスは穏やかにつぶやいた。「明日は夜明けに起きる。たきぎをできるだけ集めて火をおこすんだ。誰かが煙に気づいたら、きっと調べに来る」

すばらしい考えだと思ったが、ベッツィは返事をしなかった。彼の賢さはとっくに気づいていたからだ。ひんやりしたベッドにもぐり、疲れきった手足を心地よいマットレスに沈める。目を閉じ、伸びをしたと思う間もなく、ベッツィは眠りに落ちていた。

「起きるんだ……」

もう聞き慣れた太くゆったりした声にベッツィは起こされた。眠い目で、目の前の浅黒い顔にうっとりと焦点を合わせる。黒いまつげは信じられないくらい長く、美しく輝く瞳をいっそう引き立てている。息をのむほどハンサムで、しかも実に男らしい。この二つを兼ね備えた男性はめったにいない。

「これが初めてだ。今まで、女性と一緒に寝て何もしなかったことは一度もなかった」クリストスは落ち着いた声で言った。「わかってほしい」

一瞬、ベッツィはぽかんと彼を見つめた。やがて彼の言葉の意味を悟った彼女は瞳に非難の色を浮かべ、頬を紅潮させた。そして、シーツをつかんで上体を起こした。「ゆうべこのベッドで寝たの？」

3

クリストスは、ベッツィが慌てふためいてベッドから這《は》い出るさまをじっと見ていた。同時に、寝起きの彼女があまりにすばらしいことにショックを受けていた。赤銅色の髪はもつれ、細面の顔のまわりで波打っている。しかも、くしゃくしゃになった彼のシャツしか身に着けていない。実にセクシーだ。

「男性とベッドを共にしたことがないようなふりをしなくていい」クリストスはそっけなく言った。

「そんなこと一度もしてないわ！」ベッツィは噛《か》みついた。

「つまり……同性愛者ということか？」

ベッツィは凍りつき、あきれたように首を振った。「わたしがどんな家庭で育ったのか知らないのね」

クリストスはほっとして枕《まくら》にもたれかかった。「一度も経験がないと言ったとき、ずいぶん大げさに言っている感じだった」

ベッツィは腕を組んだ。腹を立てているのに、彼との会話が妙に楽しくなってきた。

「どうしてわかるの？」

「バージンだと言い張るのがどうも怪しい」

「なぜ？」ベッツィは思わず守勢にまわった。「バージンが恥ずかしいことだとわたしが思っているとでも？」

沈黙が流れた。あまりに重苦しい沈黙だった。驚きを隠せないでいるクリストスを見て、言わなければよかったわ、とベッツィは悔やんだ。そして顔を真っ赤にしてバスルームに逃げこんだ。なぜこれほど動揺してしまうのだろう？

ベッツィは引っこみ思案で、真剣につき合った男性はローリーしかいない。つき合い始めて二カ月後に、彼は一年間の海外勤務となった。周囲の予想に反し、二人の仲は疎遠にならなかった。しかし、ローリーが帰国したとき、ベッツィは彼とベッドを共にするのをためらった。結婚を申しこまれても、もっと彼をよく知りたいという思いが強かった。彼女の慎重な態度は二人の関係にひずみを生じさせ、そこにジェンマが割りこんできたのだった。

寝室に取り残されたクリストスはとまどいを覚えていた。ベッツィがバージンだったとは。だからほかの女性とはひと味違うと感じたのだろうか？　これまでの予想は根底からくつがえされてしまった。ベッツィが今まで以上に好ましく思えるのがなぜなのか、我ながら不思議に思う。欲望を刺激され、クリストスはいらだちすら覚えた。ただの女性さ。ほかの女性となんら変わりはない。それなのに、僕の体はもう一度冷たいシャワーを浴びなければならない状態になっている。クリストスは上掛けをはねのけた。

寝室のユニット家具に女性用の服が下がっているのを見て、ベッツィは驚いた。背後にクリストスの足音が聞こえたので、尋ねてみる。「これ、誰の服だと思う？」

クリストスは彼女の肩越しに手を伸ばし、一着を手に取った。「新品のようだな」

「悪趣味ね……」ベッツィはその服をほっそりした体にあてがい、唇をゆがめた。肩にストラップのついたドレスで、襟もとは大きく開き、丈も短い。ミュールがあるのに気づき、彼女はすぐさま履いた。彼女の足には大きすぎるが、はだしでいるよりはるかにましだ。

「どれもビーチウエアだな……着たらいいじゃないか」クリストスは服のサイズを確認し、ベッツィにぴったりだと判断した。偶然だろうか？　そうは思えない。誰かが僕たちをここへ迎えるために、周到な準備をしていたのだ。別のユニット家具を開けると、案の定、男性用の服が並んでいた。

彼はベッツィの足の傷が治りかけているのを確認してから、髭《ひげ》を剃《そ》りに行った。

ベッツィは紫色のビキニを身に着け、光沢のあるブルーのサロンを細い腰に巻きつけた。日はまだのぼったばかりで、空気はひんやりしている。玄関の大きなドアを開け、夜明けの海の美しさに見とれた。砂は真っ白で、水平線からのぼった太陽は深紅に輝いている。家の中に視線を戻したベッツィは、花の隣にシャンパンのボトルがまだ置いてあるのに気づいた。もう花びらが散り始めている。花瓶を持ちあげたとき、花瓶とシャンパンの間に挟んであった紙切れがテーブルに落ちた。外国語が大文字で入力されている。

「クリストス……」彼の名を気安く呼んでしまい、ベッツィは赤くなった。「これ、何かしら？」寝室の戸口から顔をのぞかせた彼に、彼女はその紙切れを渡した。

漆黒の眉が片方だけ上がった。「ギリシア語だな……どこにあった？」

「テーブルの上に……」

クリストスの目が険しくなった。「きのうは何もなかったぞ」

「でも、あったはずよ」ベッツィは言った。

「あったら僕も気づいたはずだ」

「花瓶を持ちあげたら見つかったの。ねえ、なんて書いてあるの？」

クリストスは歯を食いしばり、耳障りな笑い声をあげた。「くだらないことさ。君たちに危害は加えない、身代金が払われなくても無事に釈放してやる。君は何も知らなかったような口ぶりだな！」

ベッツィは身をこわばらせた。「なんのこと？」

「これだ！」クリストスは片手で紙を握りつぶし、あざ笑うようにベッツィの足もとにほうり投げた。「きのうここになかったということは、君が置いたに違いない」

「わたしが？　頭が変になったんじゃない？」

「こんな子どもだましで僕をここに閉じこめておけると思ったら大間違いだ」クリストスは荒々しく言い放った。「僕の安否を気遣ってくれているのは、祖父のパトラスしかいない。八十三歳だけどとても元気で、僕の両親と妹の死も乗り越えてきた。だが、僕が消息を絶ち、またもや家族に先立たれると思ったら、もはや耐えきれないかもしれない！」

ベッツィは身をこわばらせた。「わたしが自分の家族を心配していないとでも思っているの？　どうしてそんなにわたしを疑うの？」

「ほかにどうしようがある？　君はろくでもない紙切れを僕に見せた。まったくばかげている」クリストスはいらだちもあらわにまくしたてた。「誘拐されたとはいえ、地下室に閉じこめられる代わりに、まずまず快適な海辺の家をあてがわれ、おまけにセクシーな赤毛まで提供されたのだからな」

「そうやって勝手に幸運を数えあげていればいいわ……今度ここでメモを見つけても、見ないふりをしておきますからね。ところで、わたしが誘拐犯の一味だと疑う理由を、まだひとつも聞かせてもらっていないんだけど」

「偶然が多すぎる」クリストスはむっつりとして言った。「初めて君を見たのは六週間前だった――」

「六週間前ですって?」ベッツィは驚いた。

「帽子が風に吹き飛ばされ、君は空港の駐車場で帽子を追いかけていた。君は気づかなかったはずだ。僕はそのとき、ゴージャスな女性だと思った」彼の目には非難の色が浮かんでいた。

　彼の言うとおり記憶にはなかったが、ベッツィの怒りはすでにおさまり始めていた。六週間前にわたしに気づき、覚えていてくれたとは。それに、ゴージャスだと思ってくれたなんて。うれしさにほんのりと顔が赤くなる。

「でも、まさか君に再会するとは思わなかった。きのうロンドンに戻り、親戚《しんせき》の者の計らいで、この週末は君が僕の運転手として雇われたことを知った」

「あなたの親戚がどう関係しているの？」

「スパイロスというんだが、彼はいつも僕が使うリムジン会社ではなく、君の勤める会社に手配した。君は僕のお楽しみということだったんだろう」

　ベッツィは歯ぎしりした。初めて見た瞬間にゴージャスだと感じたというのはお世辞としか思えない。上司がこの仕事にわたしを選んだのも、不思議でもなんでもなかったんだわ。クリストスの親戚は、わたしを運転手にと指名していたのよ。ベッツィは不愉快になり、怒りすら覚えた。

「あなたの親戚は、わたしが運転以外のサービスもすると思っていたのね」ベッツィは怒りに燃えるまなざしをクリストスに向けた。

のみで削ったような頬にかすかな赤みが差した。「そこまでは言っていない。彼がよけいなことをしたおかげで、君と会うチャンスが訪れたというにすぎない」

「そんなはずないわ」ベッツィは拳《こぶし》を固め、激しく言い返した。「女性を〝お楽しみ〟なんて言うのは、性差別主義者か最低の人間だけよ。こんなひどい侮辱は生まれて初めてだわ！」

クリストスは落ち着き払っていた。「なるほど。だが僕は君がそういうことに関心があると思い、君を知るいいチャンスだと考えた」

「会って二時間もたたないうちにホテルに誘い、くどこうとしたわね。あなたのいかがわしい親戚がわたしを捜しだしてお膳《ぜん》立てをしたというのに、わたしが運転している最中に誘拐されたから、わたしが犯人だというわけ？」言いながら、ベッツィはますます頭に血がのぼった。

「僕はふだん慎重にふるまうのだが、今回だけは危険を冒してしまった。部下の忠告を無視し、我が身の安全に気を配ろうともしなかった。それより君に興味があったから――」

「あきれた」ベッツィは鋭く口を挟んだ。「あなたの過剰な欲望までわたしのせいにするのね」

「君はバージンを奪おうとしかねない男性に対し、いつもこんなふうに攻撃的になるのかい？」

ベッツィがクリストスの頬を平手打ちする音が部屋じゅうに鳴り響いた。ベッツィは自分のしたことに驚き、一歩あとずさった。

「それが精いっぱいの返事か？」クリストスは挑発するようにきいた。「拳で殴っていたら、もっと大変なことになっていたぞ」

「あなたを傷つけるつもりじゃなかったのよ……ごめんなさい」ベッツィは礼儀をわきまえ、しぶしぶ謝り、かすかに赤い跡のついたブロンズ色の頬から視線をそらした。

「ただでは許せない。キスで償いたまえ」

ベッツィは耳を疑い、緑色の瞳を光らせて彼を見つめた。

クリストスは肩をすくめた。「一度試してみればいい。いやだったらもう二度とさせないから」

ベッツィは頬がかっと熱くなり、もう一歩あとずさった。「いやに決まってるでしょう。わざわざ不愉快な思いを味わうことはないわ」そっけなくつけ加える。「ついさっきまで、あのつまらない紙切れを置いたのはわたしだって言い張っていたくせに」

闇《やみ》のような漆黒の瞳が金色に燃えあがった。「こういうことに知性は必要ない。つい禁酒を破ってしまう人間と同じだ。君を味わってみたい……」

ベッツィは喉の奥で息を詰まらせた。クリストスはあまりに近くにいて、彼の体から発せられる熱でむきだしの腹部が温かく感じられる。戦慄《せんりつ》が体内を駆け巡り、口の中はからからだった。

　クリストスが端整な顔をおもむろに近づけてきた。逃げなさいと理性がささやく。しかし、期待はあまりに大きかった。

「気に入るわけがないわ」彼との接触は不愉快に違いない、とベッツィは自分に言い聞かせた。

　大きく官能的な口が重ねられた瞬間、ベッツィの体に火がついた。十代のころ何度も夢に見てかなえられなかった、そんな感じのキスだった。クリストスに腕をからませ、かろうじて自分の体を支える。すばらしい味だ。彼のすべてがわたしの喜びのためにつくられたような気がする。クリストスはついに顔を上げ、息を吸った。ベッツィは彼にもたれて男性的な香りを吸いこみ、たくましい彼の体の感触に酔いしれていた。クリストスは上気したベッツィをくすぶるような瞳で見やり、さらにきつく抱きしめて、みずみずしい唇を再び我がものとした。

　ベッツィは無我夢中でキスを返していた。彼の手管にあえぎ、彼にしがみつく。やめなければと思っても、全身はひどく熱く、生まれて初めて知った激しい飢えにどうすることもできない。

「ベッドに行こう」クリストスがかすれ声で誘う。

急な展開に、しかも彼に抵抗できないということに、ベッツィはショックを受けた。とまどいを隠して顔を上げると、クリストスの真剣な表情が目に入った。膝に力が入らない。プライドも知性も自尊心もかなぐり捨てて彼に身を任せたい、とベッツィは思った。今や全身が彼を激しく求めていた。

クリストスが細いウエストにあてがっていた手を胸へと移した。胸のふくらみを、熱い下腹部を、ベッツィは強く意識した。興奮のあまり、呼吸さえままならない。ベッツィのそんな状態を悟ったのか、クリストスの瞳に期待の色が浮かんでいる。欲求を進んで満たしてくれる女性に慣れている男性ならではの表情だ。

ベッツィは身をこわばらせ、自身の弱さと闘った。赤くなった口をやっとの思いで開き、かすれた声で言う。「たき火を……火をおこすんでしょう……」

ドアのほうへ歩きだしたベッツィを、クリストスは信じられないと言わんばかりに見つめた。彼女がドアの手前で椅子にぶつかったのがせめてもの救いだった。

外のすがすがしい空気に触れ、ベッツィは熱くなった顔にそっと手を触れた。だが、動揺していることをクリストスに悟られるのがいやで、すぐにその手を下ろした。

「僕に触れられるのは不愉快だと言うつもりか？」クリストスがやってきた。ギリシア語なまりが強く感じられる。

ブロンズ色の精悍《せいかん》な横顔を盗み見たとたんに反応する裏切り者の体を、ベッツィは懸命に抑えようとした。「いいえ。でも、あれ以上はいやなの……正気の沙汰《さた》じゃないわ」つっけんどんに言う。

「一理あるな」

あっさり認められ、ベッツィは拍子抜けした。

「避妊用具は持ち合わせていない。君は避妊などしていないんだろう？」

「もちろんよ」髪の生え際まで真っ赤になり、ベッツィは慌てて視線をそらした。自分がとても幼く感じられる。ほんの数回キスを交わしただけでベッドに行くと思われたのは屈辱的だ。まして避妊のことまで言われるとは。それに、わたしは自分の弱さと愚かさを噛みしめているというのに、クリストスはさっさと気持ちを切り替え、落ち着いていられるなんて癪《しゃく》に障る。

実際、ベッツィは心底ショックを受けていた。自分がここまで情熱的になれるというのが恐ろしかった。だが、何よりショックなのは、ローリーに対するよりはるかに激しく彼を求めてしまったことだった。ほとんど知らない人なのに。ローリーとキスをしても、頭が働かなくなって全身が欲望に震えるなどという経験はなかった。自制心を失うこともなかった。自分は性に積極的になれるタイプではないと信じていた。しかし今、クリストスによって、自分にまったく別の面があることを思い知らされたのだ。

「のろしを上げるには、北端の岬がいちばんいい」クリストスは両の拳をチノパンツのポケットに突っこみ、いまだ冷めやらぬ興奮を隠そうとした。

「先に島全体をよく見てまわったほうがいいと思うわ」言葉が勝手に口をついて出た。なぜかクリストスと面と向かうと、反発したくなる。

「北端の岬からなら沖を通る船から必ず見える」

クリストスは自分の選んだ場所が最適だという理由を、ほかに三つ挙げた。風よけが必要だと指摘され、風速とたきぎの燃える速度について説明を受けているうちに、ベッツィはかなわないと感じ、クリストスに従うことにした。

岬近くの浜辺には流木がたくさん転がっていた。ベッツィはひとつひとつ拾い集め、岩をのぼり、指定された場所まで運んだ。クリストスの手順は実に周到で、流木は彼の計算どおりに燃え始めた。

「こう日差しがきついと肩が焼けるよ。上に羽織るものを着ておいで」クリストスが促す。

「大丈夫よ」慣れない肉体労働を長時間行い、気が立っていたベッツィは、辛辣《しんらつ》な口調で言い返した。「自分のことぐらい自分で面倒見るわ」

クリストスはベッツィを一瞥《いちべつ》し、あざけるように漆黒の眉を片方上げた。シャツの前がはだけ、大理石の彫像に匹敵するほど美しい体があらわになっている。「君には無理だ！」

ベッツィは目に怒りをこめ、深く息を吸いこんだ。「何を根拠にそんな失礼なことが言えるの？」

「どこから話を始めてほしい？」クリストスは楽しそうに切り返した。「車のドアをロックせず、みすみす誘拐されたとき？　足を切ったとき？　それとも、おぼれかけたとき？　君が生きたまま丸焼けになるのを防ぐのは僕の責任だと思うけど、まだ納得できないかな？」

ベッツィは引きずってきた流木を乱暴にほうり投げた。「わたしをくどけないから、怒っているだけでしょう！」

クリストスは防砂堤を越えてベッツィに近づき、軽々と抱きあげた。

「何をするの？」ベッツィは甲高い声をあげた。

「自分がどんな姿か鏡で見せてやりたいよ。上着を着ないと言い張るのはそれからだ――」

「すぐに下ろして！」ベッツィはどなった。

クリストスはひどく丁寧にベッツィを砂地に立たせた。「どなられるのは好きじゃない」

彼はからみつくような声で警告した。

「人形みたいに抱きあげられるのは好きじゃないわ！　四六時中人から命令されるのだって――」

「命令されるのがいやなくせに運転手という職業を選んだのか？」

「自分で事業を起こすまでの間だけよ！」またもやどなり返す。

「事業を起こす前に、専門家からアドバイスを受けたほうがいい」クリストスは横柄な口調で言った。

ベッツィは激怒して彼をにらんだ。「あなたは生きている奇跡ね、クリストス」

「どういう意味かな?」

「その年まで誰からも首を絞められず、生き延びてこられたのが不思議よ。あなたと話しているといらいらしてくる……自分はなんでも知っていると思っているんでしょう。仮にそうだとしても、わたしにそれをひけらかさなくてもけっこうよ」ベッツィは顎をつんと上げた。「言っておくけど、わたしは経営学で学位を取っているのよ。その分野でのアドバイスが必要なら、自分に相談するわ」彼女は吐き捨てるように言い、大股で家へ戻った。

ベッツィが寝室に入ってまもなく、クリストスがやってきて背後に立った。何をするのかと思う間もなく、彼はビキニのストラップを肩から外し、くっきりとついた日焼けの跡を彼女に見せつけた。

ベッツィは身をよじり、うめき声をあげてベッドの裾《すそ》のほうに腰を下ろした。「あなたの言うとおりだったからって……それであなたを好きになるってわけじゃないのよ」

クリストスはバスルームに行き、すぐ戻ってきて、ローションの瓶をベッドの上に投げた。「今塗っておけば、今夜ロブスターみたいにならずにすむ」

彼の瞳と目が合ったとたん、ベッツィの胃が激しく躍った。顔をそむけ、もう一度鏡を見やる。背後でクリストスがベッドに腰を下ろすのがわかった。鏡に映るあまりにハンサムなその姿に、ベッツィはうっとりと口を開けて見入った。口の中はからからに乾いていた。

「そんなふうに僕を見るのはやめたまえ……」クリストスは瓶に手を伸ばした。

「慣れてるくせに」

傲慢《ごうまん》な線を描く頬がかすかに赤くなったのを見て、ベッツィはおかしくなった。自分がゴージャスだと意識しているのね。彼ほどハンサムで、背も高く、体格もすばらしければ、自分の絶大な魅力を意識しないはずがないわ。

「あなたは自分が人にどんな効果を与えているか知っているだけじゃなく、自分の思うとおりにするために平気でそれを利用するのよ」

「苦労しなくても望むものはたいてい手に入れている」クリストスは悪びれもせずに認めた。「説教はもう終わりかい？」

肩のほてった肌にひんやりした指が触れ、液体を塗りこんでいく。身をこわばらせていたベッツィの口からかすかなうめき声がもれた。

「痛い？」クリストスがきいた。

「いいえ……」男性に肩を触れられて、干し草に火がついたように体が燃えあがる日が訪れる――誰かにそう予言されたら、笑い飛ばしたことだろう。かつてのベッツィなら。だが、自信に満ちた手で肩をさすられるうちに、じっとしていられなくなってしまった。それほどまでに彼女は自分の体を意識していた。

「やめようか?」クリストスがかすれ声で聞いた。

「いいえ……」下腹部がじんわりと熱くなり、ベッツィは再びうめいた。彼との触れ合いをとだえさせたくない。たくましく男性的な体にもたれたい。彼女は自分の思いにぎょっとし、身をこわばらせた。欲望はスパイのように体の中に潜み、意志の弱さにつけ入ろうとする。見てはいけないと思いつつも、彼女は鏡に映るクリストスを再び見やった。胸が締めつけられ、鼓動が激しくなる。

今までわたしは安全と思われる道を選び、何度失敗してきたことだろう。用心すべきところを見誤ってばかりいた。整備士の訓練を受けたいという意に反して大学で三年間も興味のない学問を学び、そのあとは好きでもない事務の仕事に就き、残業に明け暮れた。いくら給料が高くても少しもうれしくなかった。ローリーとベッドを共にしなかったのも、傷つきたくないとの思いがあったからだ。わたしは最もリスクの少ない、穏当と思われる選択ばかりしてきた……クリストスに恋をしたら、失恋の憂き目を見る確率が非常に高い。

ベッツィはベッドの上でクリストスと唇を重ねている姿を想像してみた。現実になってほしいとの思いはあまりに激しく、彼女はそんな自分にショックを受けた。

クリストスは流れるような動作で立ちあがり、バスルームで手を洗った。「少し休むといい。僕はこの程度の暑さには慣れている」美しい女性を目前にして欲望を抑えることには慣れていないが、と彼は心の中でつけ加えた。短く刈った黒髪を荒々しくかきあげてみるものの、ほっそりして優雅な曲線を描くベッツィの背中が視野に入ってしまう。色白で実に女らしい、シルクのような感触の肌も。僕はどうかしている。クリストスは自分に腹を立てた。

ベッツィと違って、クリストスはセックスを重大なこととは見なしていなかった。けれども、心の奥底では、保守的な母の考え方が息づいていた。母カリオペはクリストスが十一歳のときに亡くなった。ステファニデス家の男性の猛烈な性差別と闘っていた母は、まだ幼い息子に尊敬、貞節、自制といったことを話して聞かせた。愛についても。クリストスはハンサムな顔をこわばらせた。十八歳で最愛の人と結婚したカリオペは、その点については非常に純情だったと言えるだろう。

だが、ベッツィは別格だ。彼女がバージンだと認めたときから、クリストスは彼女に対する態度を見直す必要に迫られていた。裕福な男性が相手なら喜んで身を任せる無数の女性と同一視するのは、もはや不可能だった。近寄りがたいところがあるからこそ、よけいに惹《ひ》かれてしまう。クリストスは常に最高のものを手に入れてきた男性だった……。

4

目を覚ましたベッツィは、時計を見て驚いた。正午を一時間も過ぎていた。窓の外を見ると、クリストスはまだ岬で作業を続けている。それなのに、こんな時間までのうのうと寝ていたとは！

汗に湿ったビキニを脱ぎ、シャワーを浴びて、カラフルなホルターネックのビーチドレスを身に着ける。だが、鏡を見る勇気が出ない。ブラジャーをしていないと、胸の小ささが目立ってしまう。おまけにドレスは丈が短く、きりんのようなか細い脚がむきだしだ。ベッツィはビキニを洗って裏のテラスに干し、昼食の支度に取りかかった。

家族は心配しているかしら？　ベッツィは顔を曇らせた。わかりきったことを思い悩んでも仕方がない。でも、この島にあとどれくらいいることになるのだろう？　クリストスはけさ、ここにある食料と燃料について話してくれた。食料はたっぷりあり、生鮮食料品も冷凍庫にぎっしり入っている。発電機を動かす燃料も充分にあるという。

クリストスのお祖父《じい》さんが身代金の要求にどう反応するかきいてみたかったが、ベッツィは口には出さなかった。誘拐に関する話題を持ちだしたら、彼はまたかっとなり、わたしが誘拐犯の一味だという疑念を蒸し返すだろう。いずれにしろ、彼のお祖父さんがどう出るかなど、クリストスにもわかるはずがない気がした。

ベッツィはクリストスを呼びに外へ出た。どこにも見当たらない。そのとき、砂浜に置かれた服が目に入り、太陽にきらめく入江の沖で、彼が泳いでいるのが見えた。いくら力があり、泳ぎが達者でも、引き潮の強さを考えると怖くなってくる。クリストスが岸に向かって泳ぎだしたのを見て、ベッツィはほっとした。水深が彼の腰ほどになり、砂浜に上がってくる。

生まれて初めて男性の裸身を目にしたベッツィは、慌てて家に飛びこんだ。しかし、彼の姿は脳裏に深く刻まれている。みごととしか言いようがない。ブロンズ色の広い肩、海水が滴るたくましい胸、六つに割れた腹筋、引きしまった腰、筋肉質の太腿。肉体的に最高の時期を迎えた男性という感じがする。本来なら隠すべき部分については、思い出さないように努めた。

五分もあれば服を着ているだろうと思い、ベッツィは再び砂浜に行ってみた。ところが、クリストスはまだ生まれたままの姿で、外の水道でシャワーを浴びていた。恥ずかしがる様子はまるでない。ベッツィはあきれて木の陰に退散し、あらん限りの声で叫んだ。「お昼よ！」

まもなくクリストスがやってきた。シャツを片方の肩に引っかけ、チノパンツをヒップハンガーのように浅くはき、はだしで。ベッツィと目が合うなり、美しい彫刻のような、表情豊かな口もとに、見る者の心を奪う笑みが浮かんだ。

わたしが彼のすべてを見たことに気づいているんだわ。ベッツィは髪の生え際まで真っ赤になった。だが、平然としているクリストスに腹が立っても、彼から目を離せない。彼にほほ笑まれて鼓動が激しくなり、口の中が乾いた。

「本当に恥ずかしがり屋なんだな……燃えてしまうよ」クリストスはためらいもせずに言った。

「おなかがすいたでしょう」ベッツィは我が身の反応を悟られまいと、強引に話題を変えた。

「今は……おなかよりも君に対する飢えを満たしたい」ベッツィを見つめるくすぶった瞳には、挑発的な光が宿っていた。

「そ、そんなこと言わないで」露骨に言われ、ベッツィは思わず口ごもった。

クリストスは氷水の入ったグラスをテーブルから取り、おいしそうに飲んだ。「君が欲しい。この気持ちになんの偽りもない」

彼の瞳に見入っていたベッツィは、徐々に意志の力を取り戻し、視線を足もとに落とした。そのとき、チノパンツの前が大きく盛りあがっているのが目に入り、彼女は彼の欲望の強さを思い知らされた。全身に震えが走る。男性がこういう反応を示したとき、ベッツィは不快さを感じていたのに、相手がクリストスだとまったく違う。はしたないと思いながらも目がその部分に吸い寄せられ、視線を引きはがすのに苦労した。

「僕にあきらめてほしいと思うなら、毛布でもかぶって隠れているんだな」クリストスは忠告した。

「わたしはあなたが思っているほど魅力的じゃないわ！」ベッツィは怒り、とまどい、食ってかかった。

「君があまりに美しいから、僕は柄にもなく運転手を追いまわすようなまねをしてしまった」クリストスはぶっきらぼうに言った。「ゴージャスな女性を見分ける目は確かだと思う。君はそんな僕を射止めたんだ」

ベッツィは思わず彼の話につりこまれた。「今まで大勢の女性とつき合ってきたんでしょう？」

クリストスはうなずいた。

「本当にわたしがきれいだと思っているの？」

クリストスは彼女の愛らしい顔に不安げな表情が浮かんでいることに気づいた。「息をのむほどだよ」優しく言う。

ベッツィがここまで自信を持てずにいることに、クリストスは胸を痛めた。傷つきやすい彼女を見ていると、胸を締めつけられる。ベッドで楽しませてくれる、自信に満ちた美女たちとは天地の差がある。爪まで磨きあげたその手の女性は、僕と同様、タフで皮肉屋だ。自分の体と引き替えにスリルや地位や金を得ようとする。だが、ベッツィは僕の財力も権力もなんとも思わない。平気で僕に噛《か》みつき、平手打ちを食らわす。だから彼女にそそられたのか？　目新しさという点で？　つまり、そういうことなのだろう。クリストスは納得して二人の距離を縮め、難なくベッツィを引き寄せた。

温かくがっしりした体に押しつけられ、ベッツィは身を震わせた。〝息をのむほどだ〟今まで誰もそんなことを言ってくれなかった。わたしにとっては百万ドルの値打ちがある言葉だ。しかし身を引くべきなのだろう。これは危険な賭《かけ》で、自分の首を絞める結果を招きかねない。ところが、顔を上げたとき、ベッツィの気持ちは変わっていた。こうしてクリストスに抱きしめられているのなら、人生の少なくとも十年分を犠牲にしてもいい、と。

「いいわ、キスをしても……」ベッツィは震える声でささやいた。

まともな男性なら断るはずだ。クリストスはいつもと違って自分を抑え、目の前にぶら下がるチャンスに飛びつきはしなかった。彼女はバージンだ。相手の弱みにつけこむことになりかねない。ビジネスの世界ではなんの気兼ねもなくそうしているのだが。いったい僕はどうしたというのだ？　彼女にとっての初体験を、僕なら特別なものにしてやれる。どこかの酔っぱらいにだまされ、傷つけられるくらいなら、経験豊かな僕のほうがましだろう。

「キスだけじゃ終わらないよ……」クリストスは低い声で警告した。

その言葉を聞いたとたん、ベッツィの背筋をぞくぞくするものが走った。それは腹部を伝い、さらにその下の熱い部分へと流れていく。彼女は顔をたくましい肩にうずめ、クリストスの香りを深く吸いこんだ。彼が欲しくてめまいがするほどだ。体に力が入らない。

「体じゅうが震えているの。どうしたのかしら？」彼女は恥ずかしそうにほほ笑んだ。

クリストスは彼女を抱きあげ、家の中に入った。

寝室のブラインドは暑さを避けるため、半分だけ下ろしてあった。ベッドに寝かされたベッツィの髪に、窓から差しこむ一条の光が当たり、赤銅色に輝いている。自分のしていることが信じられず、彼女は咳《せき》払いをした。「わたしたちがこんなことをしても、あなたのまわりで傷つく人はいない？」彼女はクリストスが独身かどうかさえ知らなかった。

「誰もいない……」クリストスはベッツィの両手を取り、起きあがらせると、長い指を彼女のみごとな髪に走らせ、情熱的に唇を重ねた。さらに愛らしい唇を割り開き、キスを深める。

ベッツィは思わず両腕をクリストスの首にきつくからめた。口の中を貪欲《どんよく》にまさぐられ、体が激しく震える。やがてクリストスは浅黒くハンサムな顔を上げ、彼女にひと息つかせた。

「今日の午後は君に泳ぎを教えるつもりでいたんだ。でも、もっとはるかに楽しいことを教えてあげよう」クリストスがささやいた。

大して考えもせず、こんな重大な決定を下してしまうなんて。体の奥に奔放な何かが潜み、解放されるチャンスをうかがっていたのだろうか、とベッツィはいぶかった。「わたしじゃ無理よ……」

「僕の目に狂いはないよ」クリストスは請け合った。ベッツィの背中に手を伸ばし、ホルターネックのストラップを手際よくほどく。

ベッツィは息をのみ、目をぎゅっと閉じた。初めて男性の前に生まれたままの姿をさらけだすと思っただけで、体が動かなくなる。本当にやせっぽちなんだもの。クリストスはきっとがっかりするわ。

「目を開けて」彼はかすれた声で促した。「いきなり君をベッドに押し倒して怖がらせるようなまねはしたくない」

ベッツィは思いきって目を見開いた。

浅黒い顔に最高の笑みを浮かべながら、クリストスはベッドの端に腰を下ろし、彼女を膝の上に座らせた。そしてドレスをゆっくりと下ろしていく。ベッツィは息を止めた。前かがみになって胸を隠そうとしたが、クリストスは髪を払いのけて後ろから身を乗りだして、かわいいふくらみと薔薇《ばら》色のつぼみを目にした。そのとたん、彼はため息をもらした。

「すばらしい……」震えがちな声が、その言葉に偽りがないことを物語っていた。クリストスは片方の胸を手で包み、みずみずしい頂が大きく硬くなるまで愛撫《あいぶ》を続けた。

体の奥が熱くうずいて、ベッツィはじっとしていられなくなり、彼の膝の上で身をよじった。クリストスがつぼみを優しく口に含んで味わい始めた。彼女はついにうめき声をもらし、豊かな黒髪に指をうずめて彼の顔を上げさせ、ゴージャスな唇を再びむさぼった。だが、彼はすぐに制した。

「クリストス?」

「楽な姿勢になろう……」クリストスはベッツィを枕《まくら》にもたれさせてから、ドレスの裾《すそ》をつかんで引き下ろし、脇《わき》にほうり投げた。

身に着けているのは小さなレースで申し訳程度に覆われたショーツだけとなり、ベッツィはすべてをさらしたような気持ちに襲われた。寝室の引き出しには、大胆な下着しか入っていなかったのだ。

「こんなことをしているなんて信じられない」ベッツィは瞳にとまどいの色をたたえ、つぶやいた。

クリストスはしなやかな身のこなしで立ちあがった。「まだ何もしていないよ」彼はシルクのベッドカバーを引きはがし、足もとに投げ捨てた。

でも、こんなことになるとは思わなかった。クリストスとベッドを共にし、彼にバージンをささげるなんて。自分なりに納得してから行動に移すのが常だったベッツィは、激しく動揺した。二十五歳にもなって、妹と一緒になった男性をいまだに忘れられずにいるというのも問題だけど。情熱的な冒険で満足してみたら？　クリストスには肉体的に惹《ひ》かれているにすぎないのだから。彼のほほ笑みひとつで脈が跳ねあがり、一回のキスで膝の力が抜けてしまう。肉体的なものに夢中になってしまうのは、わたしがまだ成熟していないあかしなのかもしれない。

クリストスはチノパンツのジッパーを下ろして手を止め、眉を寄せた。「妊娠する危険を冒してもいいのかい？」

ベッツィは凍りついた。

クリストスはうめいた。「そうだろうな……お互い、そのことを忘れていた。肝心なことを見逃していた自分が信じられないよ。でも、君がそばにいると頭がまともに働かなくなってしまう」

ベッツィは真っ青になり、両膝を胸の前で抱えた。「やめましょう……妊娠するくらいなら死んだほうがましだわ……」

クリストスは顔をしかめた。「そんなに悲観しないで。僕が気をつけるから……途中で……」

ベッツィは真っ赤になり、彼の目を見ていられなくなった。「危険が大きすぎるわ――」

「危険を冒すのは好きだ――」

「わたしはそんなふうに思ったことなど一度もないの」

「心配しなくていい」クリストスはかすれた声で誓った。「妊娠することはないと思うが、もしそうなったら僕がきちんと責任をとる」

ベッツィは彼の端整な顔を盗み見た。本当にそこまで考えてくれているのかしらといぶかりつつも、彼の言葉には心を揺さぶるものがあった。

「僕を信じて……」クリストスは言葉を継ぎ、チノパンツを脱いだ。

デザイナーブランドのトランクスが目に入るなり、ベッツィはもう何も考えられなくなった。クリストスはその最後の一枚もしなやかな身のこなしで脱ぎ捨てた。たくましい体には、持って生まれた優雅さが備わっている。ベッツィは思わず雄々しい男性の象徴を見つめ、慌てて目をそらした。やはりこんなことをしてはだめよ。

「あなたを信じていないわけじゃないの」クリストスの重みでマットレスが沈む。ベッツィは震える声できりだした。「ただ――」

「そのすばらしい体を見せるのが恥ずかしくてたまらないんだね」クリストスは彼女の腕を大きく開かせ、胸にかかっていた髪を払いのけた。「僕は君にぴったりだ。僕は言いたいことははっきり言うタイプなんだ」

「わかってるわ。でも……」顔を上げたベッツィは金色に輝く焼けつくような瞳と目が合い、とたんに胸の鼓動が激しくなった。

「じっと横になっているだけでいい」クリストスは優しく言い、ベッツィの背に手をまわして髪が枕に扇状に広がるようにした。「金曜日に君と出会う前から、君を思ってエロティックな夢を何度か見ていたんだ。今から夢を現実のものとしてみせる」

「でも、わたしは夢のような存在じゃないわ。ごく普通の女よ」ベッツィはささやいた。

「普通の女性ならここまで僕を熱くできない……僕の気を引くのは難しいんだ」クリストスはベッツィの両手を押さえつけ、すでに赤くなっている甘い唇にキスをした。

ベッツィは全身の細胞に新たな命が吹きこまれた気がした。喉を優しく噛まれ、脈が跳ねあがる。彼女は興奮の渦にのみこまれた。クリストスが親指で胸の頂を軽くたたき、刺激を加える。その部分はさっきよりもさらに感じやすくなっていて、ベッツィはすすり泣きに似た声をもらし、ひんやりしたシーツの上で身をよじった。飢えが幾重もの波となって押し寄せてくる。つらいほどの激しい興奮に翻弄《ほんろう》され、ただただ次の興奮を焦がれるばかりだ。体内で熱く燃えさかる炎は、どんなに情熱的でも、キスや愛撫《あいぶ》だけでしずめることはできない。

「こんなふうだとは思わなかった……」ベッツィは彼への欲望の激しさに歓喜と恐怖を覚えた。

「最高の快感が次々に押し寄せてくるだろう」クリストスは下腹部に手を這《は》わせた。そこは信じられないくらいに柔らかく、熱く、潤っている。身をくねらせる彼女を押さえつけ、震えている体にゆっくりと唇を押しつけていく。「力を抜いて……」

ベッツィは骨までとろけそうな気分だった。筋肉質のクリストスの肩に触れ、たくましくなめらかな背中に手をまわす。あまりに男性的な体の感触に彼女はうっとりし、唇と舌で味わってみた。すばらしい。新たな発見ばかりだ。

熱く潤った部分を彼に探られると、ベッツィはもだえた。欲望の炎はますます激しく燃えさかり、焼きつくされてしまいそうだった。

クリストスがベッツィに覆いかぶさり、徐々に我が身をしずめていく。ベッツィは目を大きく見開いた。突然激しい痛みに襲われたが、彼はさらに奥まで貫いた。

クリストスは金色に燃える瞳でベッツィを見つめた。「最高だよ」彼はベッツィのヒップの下に手を差し入れた。そして、背中を弓なりに反らしてなおも深く自身をうずめ、満足そうなうめき声をもらした。

ベッツィは息をする余裕もなかった。彼がつくりだすゆっくりとした官能的なリズムに、心臓が壊れんばかりに収縮している。リズムが速くなり、ベッツィは我を忘れて彼に動きを合わせた。抑制などというものは、とうの昔に忘れ去っていた。歓喜の極みに達しようとしたまさにそのとき、クリストスがいきなり身を引こうとした。

「クリストス？」彼の行動が信じられず、悲鳴に似た声を出して、ベッツィは彼の背にまわした手に力をこめた。

次の瞬間、クリストスは再びベッツィを貫いた。爆発的な絶頂が訪れると同時に、彼は母国語で何か低く叫び、みごとな体を震わせた。ベッツィは彼にしがみつき、二人は激しい歓喜を分かち合った。

ベッツィはクリストスを抱きしめ、初めて味わう親密さと満足感に浸っていた。

「途中でやめなかったのは失敗だったね」クリストスは息を弾ませて言いながらも、焼けつくような瞳でベッツィを見つめ、その乱れた髪をかきあげ、額にキスをした。

「あ……」今になって彼女は事の重大さに気づき、興奮に押し流されてしまった自分を責めた。「わたしがいけなかったのよ」

「でも、体験としては……最高だった。君と一夜限りの関係にならないことを祈るよ」クリストスはからかうように言い、仰向けに寝て彼女を自分の上に抱えあげた。

ベッツィは彼を見下ろし、ほほ笑んだ。あまりに幸せで、いつもの自分ではないような気がする。

澄んだ緑色の瞳に優しい光が宿ったのを見て、クリストスは不安になった。「ひと言警告しておく」軽い口調で言う。「僕に恋なんかするんじゃないよ。僕は恋愛には興味がない」

ベッツィの幸せな気分はたちまち吹き飛んだ。心の奥が冷たくなっていく。傷ついたことを表に出さないようにするのは大変だった。おかしそうに笑ってみせるには、さらに努力を要した。「心配しないで。ほかに好きな人がいるから」不注意な発言が口をついて出る。

驚いたクリストスは両手でベッツィの腰をつかみ、自分の体から乱暴に下ろした。「だったら、なぜ僕と関係を持ったんだ?」

クリストスが怒りをあらわにしたことにぎょっとして、ベッツィはベッドから出た。だが、一糸まとわぬ姿だったため、慌てて床に膝をつき、身に着けるものを探した。ベッドの下に落ちていたサロンを引っ張りだし、体に巻きつける。

「返事を待っているんだが……」

「どうして怒るのかわからないわ」怒りよりも恐怖が先に立ち、ベッツィは身構えた。

「恋をするなとわざわざ警告するくらいなら、わたしに好きな人がいると知ってほっとするはずよ!」

「相手は誰だ?」クリストスは激しい怒りに駆られ、なおも追及した。なんと恥知らずな女だ。傷つきやすく、うぶだと思いこんでいたのに……。

「あなたには関係ないわ」ベッツィはぎこちない手つきで、サロンを胸の上で結んだ。

「誰なんだ? ボーイフレンドか?」クリストスは低くたたみかけた。

苦い思いがこみあげ、ベッツィは抵抗するのをあきらめた。「かつてはね。でも、今はわたしの妹と同居していて、子どもまでいるわ」

クリストスは気勢をそがれ、激しい怒りは行き場を失った。子どもまでいるのなら、ライバルにはなりえない。「別れてからどのくらいたつ？」

「三年よ」

彼はさげすむような表情を浮かべた。「それで、まだ彼が忘れられないのか？」

「あなたって、皮肉屋でとてもいやな人にもなれるのね！」ベッツィは頬を赤らめてどなった。

クリストスは、ブロンズ色のみごとな体を乱れた枕にもたれかけさせた。威圧感を与えるための、計算しつくされたポーズだ。「妹さんと同居して三年にもなるというのに、まだ彼を愛している……みじめだとは思わないのか？」

怒りのあまり、ベッツィはめまいを覚えた。「あなたにはわからないのよ。ローリーはいちばんの親友で――」

「でも、一度もベッドを共にしなかった」

クリストスが無神経に口を挟んだため、ベッツィはますます頭に血がのぼった。

「ということは、彼はそういう経験をほかでしていたはずだ」

「本当にいやな人ね……なんでも性的なものに結びつけるんだから！」

「君がバージンをささげた男でもある」

「確かにあなたにはセックスアピールがあるわ……でも、それだけよ！」ベッツィは歯ぎしりした。「無神経で、礼儀知らずで虚栄心が強くて――」

「虚栄心が強いなどとどうして言える？」クリストスは声を荒らげた。

ベッツィはほっそりした腰に両手を当て、軽蔑《けいべつ》しきった目で彼を見やった。クリストスにこんな態度をとるのは彼女が初めてだった。

「あなたみたいな男性に恋をするのはばかだと言いたいのね？　それこそ虚栄心だと思わない？」

クリストスは目に険しい光をたたえ、獲物に飛びかかる豹《ひょう》のようにベッドから飛びだした。「なぜ僕に恋をしようとしない？」

「悪く思わないで。あなたはローリーじゃないわ」ベッツィは冷たく言い放った。目の奥がつんとしてくる。彼女は慌ててバスルームに逃げこんだ。

クリストスは気持ちがおさまらず、ドアをノックした。返事がないのでドアを開けると、ベッツィは頬に涙の跡をつけ、目をこすっているところだった。クリストスは怒りを忘れ、彼女にそっと腕をまわした。「お互いどうかしていた。なんの話からこうなったのかもわからない――」

「あなたが女性を引きつけ、特にバージンには致命的な存在だとうぬぼれている話からよ」泣いているところを彼に見られたせいで、ベッツィは意地の悪い言い方をした。

「ここで一緒に暮らしていると神経が休まる暇がないからな……何かはけ口を見つけなければいけなかった」クリストスは彼女の発言を無視して言った。

ベッツィは体の力を抜き、たくましく引きしまった温かい胸に身を預けた。どうしてあんなに怒ってしまったのか、クリストスの言葉になぜ怒りでおかしくなってしまったのか、わからない。彼が相手だと、つい粗暴にふるまってしまう。気持ちが乱れているせいだわ、とそのときベッツィは気づいた。自分の感情の激しさが恐ろしく、慰めてもらいたいと強く願ってしまう。自分たちではどうすることもできない状況に置かれ、二人は互いに精いっぱいの努力をしながらも、ストレスをつのらせていた。そう、クリストスとて同じなのだ。

クリストスはベッツィを抱きあげ、ベッドに運んだ。「君の選択肢は三つある」彼のきらめく瞳はまたたく間にベッツィの心をとらえた。「ひとつ……ひとりになれる空間を君に与える」

ベッツィは考えこみ、鼻の頭にしわを寄せた。

「二つ……君に泳ぎを教える」

ベッツィはうっと吐き気を催した。クリストスがにやりとする。

「三つ……あのシャンパンをここに持ってくる。安物だろうがね。そしてベッドに戻る」

「シャンパンね」大胆な選択をしてしまい、ベッツィは頬を赤らめた。クリストスが欲しい。ただそれだけのこと。大げさに考える必要はないわ。

五日後、海から上がったベッツィは砂浜に身を投げだし、Vサインをしてみせた。「泳げるようになったわ！」

「でも、まだひとりで海に入ってはだめだ」

ベッツィは緑色の瞳をいたずらっぽく輝かせて笑い、クリストスにもたれた。「わたしに命令ばかりしていて飽きない？」

「飽きないどころか、とても楽しいよ……」クリストスは濡《ぬ》れて色鮮やかな髪に指をからませ、彼女を自分のほうへ引き寄せた。自分の気遣いを女性が喜んでいる、と確信している男性ならではのしぐさだ。彼はベッツィの唇をむさぼり、服従させた。そして熱いまなざしを注いで立ちあがり、彼女を抱きあげた。「また君が欲しくなってしまった」

クリストスは涼しい寝室へと向かった。ベッツィの体は早くも彼を迎える準備ができていた。体が震えるほどに彼が欲しい。クリストスはビキニのトップのクリップを外し、つんとがった胸をむきだしにした。静かな寝室に、彼がもらす喜びの声が響く。大きくふくらんだピンクのつぼみを指でこすられ、ベッツィは低いうめき声と共に彼にもたれかかった。

「やけにおとなしいね」言いながら、クリストスはぐったりした彼女をベッドに横たえた。

ベッツィは目を伏せた。本心を悟られないよう気をつけていた彼女には返事のしようがなかった。一日の中で、クリストスのことを思わない瞬間はない。最初のうちは彼がすてきだと思うだけだったが、今は彼を思わずにいられないという危険な状態に陥っていた。傲慢《ごうまん》なところさえ、すばらしいと感じ始めている。勇気も、妥協を知らない強さも、そして知性も。いつの間にかクリストスのすてきなほほ笑みを待ち焦がれるようになっていた。いくらプライドが否定しても、どうしようもないほどクリストス・ステファニデスに恋心をいだいてしまったのだ。

「でも、黙っている君にもそそられるよ」クリストスは形のよい膝をたぐり寄せ、ビキニのボトムを取り去った。「君が感極まって声をあげたときの喜びが倍増するからね」

クリストスは潤った腿の付け根に手を伸ばし、彼女の最も敏感な部分を探り当てた。体にいきなり火がつき、ベッツィは激しい欲求に駆られた。だが、いちばん求めているところに彼は触れようとしない。あまりに官能的な拷問に、何度も何度も歓喜を味わったが、それでもクリストスは彼女の切望に応《こた》えようとしない。ベッツィはもだえ、すすり泣くように抗議した。このうえない興奮をもたらしたあとで彼はようやくベッツィの体の向きを変え、熱く柔らかい内部へと巧妙に我が身をうずめた。ほどなくベッツィは絶頂を迎えた。

クリストスは疲れきっているベッツィを抱き寄せ、満ち足りた思いで見つめた。彼女とのセックスは信じられないほどすばらしく、飽きることがない。とはいえ、どんな責め苦に遭っても、そのことをベッツィに言うつもりはなかった。彼女の手を取り、てのひらの真ん中にキスをする。ベッツィが人に抱きしめられたのは子どものころ以来だという気がした。彼女の好みも、彼女を幸せにするすべも知っている。こんなすばらしいセックスは初めてだ。限りない喜びを味わわせてくれたお礼に、クリストスは懸命に彼女をいつくしんだ。この島を出たら、生涯ベッツィを愛人にすると心に決めていたからだ。彼女を望みどおりの女性に仕立てたという満足感があった。

ベッツィは髪をタオルで乾かしながら、バスルームから出てきた。寝室にクリストスはいない。岬ののろしの具合を見に行ったのだろう。明け方から夜中まで、本当に精力的に働いている。ベッツィは彼のペースについていくのに懸命だった。

古びたボート小屋にはがらくたが詰まっていて、彼はそれもたきぎ代わりにしている。今のところ、火に気づいた者はなく、漁船すら見かけていない。この島は航路から外れているのだ。空からも見えるよう、二人は砂浜に石を並べ、巨大なＳＯＳの文字をつくったが、この文字が読めるほど低空飛行をしている飛行機はまだ一機もなかった。

どんなに暑くても重労働に加わろうとベッツィは決意し、薄暗い小屋の奥からほこりまみれの古い段ボール箱を出してきた。箱の角が破れ、中に雑誌が入っているのが見える。これを運んで火にくべよう、と彼女は外に出た。

ベッツィは岬の岩場へ続く急な坂道をのぼり、火をたいている場所にたどり着いた。しかし、クリストスの姿はない。見まわすと、彼は砂浜のほうにいた。火が小さくなっていたため、ベッツィは急いで箱ごとたき火の中に投げこんだ。

　岬の下の砂丘に下りたとき、ひゅうという音に続いて爆発音がとどろき、ベッツィはびっくりして立ち止まった。晴れわたった青空を背景に閃光《せんこう》が走っている。強烈な花火のようだ。彼女はぽかんと口を開けた。

「照明弾を見つけたとなぜ言わなかった？　どうして火にくべてしまったんだ？」十メートルほど向こうからクリストスが叫んだ。信じられないと言わんばかりに顔をこわばらせている。

　また爆発音と共に閃光が走った。ベッツィはびくっとしてその場に立ちすくみ、火花が四方八方に飛び散るさまを見つめた。クリストスも立ち止まって見あげている。全部で六つ爆発し、そのうちひとつだけが空に上昇しそこねた。

「照明弾が入っているなんて知らなかったもの。ボート小屋から箱を持ちだしたんだけど、雑誌しか入っていないと思って……。それしか見えなかったのよ！」ベッツィは狼狽《ろうばい》して言った。

　クリストスは責めるように目を光らせ、褐色の手を開いた。「箱の中身も確認しないで火にくべたのか？」

　ベッツィは身を硬くしてうなずいた。「あの照明弾を夜間に打ちあげたら効果があったものを！」

「あの小屋にあるものは、もうあなたが全部チェックしたと思いこんでいたのよ！」ベッツィは抗議し、クリストスから一歩離れて顔をそむけた。島を脱出する最高のチャンスをふいにしてしまったと思い、目の奥に涙がこみあげてくる。

クリストスに怒られるととてもつらく、全身を守っている皮膚をすべて失ったような錯覚に陥ってしまう。だが、実際に失ったのは自立心と心の平和だ、とベッツィは思った。このごろはクリストスの目を通して自分を判断している。彼の意見がすべてなのだ。彼と一緒に過ごすうちに、ベッツィは自分自身について多くを学ぶようにもなっていた。ローリーをまだ愛していると本気で思っていたが、それは好きという感情にすぎなかったと思い知った。また、過去を思って感傷に浸ることもなくなっていた。

その日の午後遅く、クリストスはつかつかと家の中に入ってきて、ベッツィが冷たい態度を示しているにもかかわらず、腕の中に引き寄せた。二人とも怒りっぽくなっており、何度か衝突した。クリストスは決して言い争おうとせず、何事もなかったようなふりをする。その変わり身の早さはベッツィにとってありがたかったものの、彼が二人の違いを頑として認めない点は耐えがたかった。しかし、このときは文句を言う暇もなかった。クリストスがいきなり激しくキスをしてきたからだ。

不意をつかれ、息もできないでいるうちに、クリストスは目を満足そうに輝かせ、ベッツィを窓のほうへ向かせた。桟橋に、青と白に塗られた漁船が止まっている。あの照明弾が功を奏し、漁民が調べに来たのだ。

クリストスは言った。「助かったんだよ……」

そのときからすべてがめまぐるしい勢いで動き、十分後には、カラフルなサンドレスとビキニ姿のまま、ベッツィは漁船に乗りこんでいた。運転手の制服をくしゃくしゃに丸め、手提げ袋に詰めこんで。

島が紫がかった霞《かすみ》の中へ遠ざかっていくころ、クリストスは操舵《そうだ》室の無線を使い、ギリシア語で話しこんでいた。

「君が無事だとご家族に連絡がいく」クリストスはそばを落ち着きなく歩きまわっていたベッツィに教えた。「祖父がすべて手配してくれるから」

ようやく自由になれたというのに、ベッツィは気もそぞろで、妙なむなしさと恐怖を味わっていた。しかし、クリストスにつきまといたくはなかった。陸地が見えてきたとき、ベッツィは彼に尋ねた。

「わたしたちがいた島の名前はわかったの？」

「なぜそんなことを知りたいんだい？」

クリストスは驚きつつも、漁船の持ち主にきいた。

「モス島だそうだ。キクラデス諸島のひとつだ」

二人はシフノス島に上陸した。ここもモス島に劣らず、みずみずしい緑に覆われている。クリストスが電話を借りて話している間、ベッツィはまたもやぽつんと取り残されていた。一緒にいさせてと頼むのはいやだった。

三十分後、クリストスが深刻な表情で戻ってきた。

「誘拐犯は身代金を要求していたの？　何か手がかりはつかめた？」少しでも情報を知りたくて、ベッツィは矢継ぎ早に尋ねた。のけ者にされたような気分だった。クリストスはもう自分の世界に戻ってしまい、よそよそしい感じがする。島でいろいろ分かち合っていたのが嘘《うそ》のようだ。まるで、どこかよその惑星での出来事だった気がする。

精悍《せいかん》な顔にはなんの表情も浮かばなかった。「いや、何も……でも、じきに本土に戻れる」

「パスポートを持っていないのに……どうやってイギリスに帰ればいいの？」

「大使館に連絡したから大丈夫だ」

「警察の事情聴取はいつかしら？」

クリストスは肩をすくめた。なんと答えていいかわからなかった。今しがた祖父から聞かされた話に、すっかり動揺していたのだ。犯人は身内のスパイロスだった。一族の者が誘拐犯にまで身を落としたことに、クリストスは怒りと同時に屈辱を感じていた。祖父パトラスが要請しない限り、この件についての追跡調査は行われないだろう。犯罪者たちはすでに代償を払わされていたのだから。

五日前、スパイロスとその一味であるジョー・タイラーほか二名が乗ったヘリコプターは、モス島から戻る途中エーゲ海に墜落し、全員死亡した。操縦していたのはスパイロスだった。そうした事実をベッツィやほかの人間に明かしたところで、なんの益もない。それどころか、我が一族の名誉とスパイロスの遺族のためにも、黙っているのがいちばんだ。

沈黙が続き、ベッツィは身をこわばらせた。

クリストスは険しい表情を浮かべ、深く息を吸いこんだ。「君に話しておかなければならないことがある……実は僕は婚約している。フィアンセがアテネで待っている。だから、今後は別行動となる」

ベッツィは窓を突き破って飛んできた煉瓦《れんが》が頭に当たったような衝撃に襲われた。彼の口調には詫《わ》びるような響きはみじんも感じられなかった。この瞬間、すべてが変わってしまった。クリストスと分かち合ったあらゆるものが、今までとはまったく異なる意味合いを持つようになった。ベッツィは彼から数歩離れ、絵のように美しい港にうつろなまなざしを向けた。彼女は時がたつのも忘れ、傷心と必死に闘っていた。

「嘘をついたのね」

「嘘などついていない」

「わたしたちがベッドを共にしても傷つく人はいないのってきいたとき、あなたは誰もいないってはっきり言ったわ」震える声で言いながら、かっとなってはいけない、涙を見せてもいけない、とベッツィは自分に強く言い聞かせた。どんなに傷ついたか、彼に悟られてはならない。

「事実を言ったまでだ。ペトリーナは僕に貞節を求めたりしない。でも、僕は彼女を尊敬しているし、不注意なまねはしない」

激しい憎悪と苦々しさが毒のように全身に広がっていく。ベッツィは我が身を抱きしめ、感情を抑えこもうと努めた。

「君とは今後もつき合っていきたい……」

空虚な笑い声をあげ、ベッツィは彼からさらに一歩遠ざかった。今にもわっと泣きだしてしまいそうだ。「冗談でしょう」

「君のことはあきらめない」クリストスはベッツィの表情のどんな変化も見逃すまいと、食い入るように見つめた。緊張のせいで、オリーブ色の肌が青ざめて見える。「完璧《かんぺき》などというものはこの世に存在しない。それでも、君は僕と一緒にいられる」

「わたしがそんな立場に甘んじるとでも思っているの?」緑色の瞳に嫌悪感をあらわにし、ベッツィは虎《とら》さながらに食ってかかった。「あなたなんかどこかに消え失《う》せてしまえばいいのよ!」

5

留守番電話のメッセージは、三回ともクリストスからだった。回を重ねるにつれ、彼の口調にこもる怒りが大きくなっていく。ベッツィが電話に出ないのが、信じられないらしい。わたしの素朴な信頼を徹底的に利用したくせに、と彼女は憤った。だがベッツィは、破滅への道を自ら進んでたどった自分を彼以上に激しく責めていた。

クリストスの関心はわたしの体にしか向けられていなかった。個人的なことについては用心深く、興味があるというふりすら見せなかった。たとえば、わたしがどんな仕事を始めたいと思っているのかなど、一度もきいたためしがない。なのに、わたしは恋に落ちてから、一途《いちず》に突っ走ってしまった。

ギリシアから戻って三週間。ベッツィの人生は一変した。夜は眠れず、食欲もなくなり、朝はやっとの思いでベッドから這《は》い出る始末だ。人前では愛想よくふるまっているものの、自分が自分でないような気がする。みじめさと孤独にさいなまれ、ひどくむなしい。ただ、表面的には今までとまったく変わらない生活を送っていた。

誘拐事件は闇《やみ》に葬られた。その理由はベッツィには見当もつかなかったが、裏でいろいろと取り引きがあったのだろう。いわゆる〝金にものを言わせる〟というやつだ。アテネに着いたとき、身元確認から帰国まで、ステファニデス家の弁護士が助けてくれた。ヘリコプターが墜落し、ジョー・タイラーとその一味が死亡したことを知ったのも、弁護士のおかげだった。

職場に戻ってみると、事故に遭遇したリムジンはすでに修理が終わっていた。事件については箝口令《かんこう》が敷かれ、ベッツィは休暇をとったことになっていた。ステファニデス家はこの件をもみ消すために、手を尽くしていたのだ。

ベッツィは気を紛らすため、クラシックカーに限定した修理工場を開くという、以前から考えていた事業に着手することにした。妹のジェンマと等分した祖父の遺産を開業資金にあてるつもりでいた。銀行からの融資も受けられるに違いない。

だが、気がかりなことがあって、ベッツィはまだ銀行に相談できずにいた。生理が数日遅れているのだ。妊娠を疑いつつも、杞憂《きゆう》だと信じたい気持ちが強く、妊娠判定薬を買いに行く勇気が出ない。それに、クリストスは排卵周期を計算し、今なら安全だと考えていた。でも彼は、こんな計算をするのは初めてだとも言っていた……。

食欲がないのは、心痛のせいかもしれない。そう思った矢先、玄関のドアがノックされた。訪ねてきたのはローリーで、ベッツィはびっくりした。彼はジェンマと一緒に暮らすようになって以来、一度も訪ねてこなかったからだ。ローリーの青い瞳は充血し、しゃれたスーツにはしわが寄っている。とてもすてきだとかつては信じていたのに、今はなんの魅力も感じない。

「どうしたの？　ジェンマが病気にでも？」

「別れたんだ……」

ベッツィは目を丸くした。「嘘《うそ》でしょう」

「知らないのは君だけだと思う」ローリーは顔をしかめた。「でも、君には隠し事をしたくない。僕はきのうあの家を飛びだしたんだ」

ショックだった。どう返事すればいいのかわからなかった。玄関先に彼が立っているだけで問題だ。ローリーに目の前から消えてほしい。今はそれしか考えられなかった。ローリーがここに来たと知ったら、ジェンマは大騒ぎするだろう。とばっちりは受けたくない。

「困ったわね。でも、きっと一時的なことでしょう――」

「いや。君の妹はほかの男とつき合っているんだ」ローリーは重々しく告げた。「僕を中に入れてくれないのかい？」

少しはうれしそうな顔をしようと努めつつ、ベッツィはあとずさって彼を中に入れた。

「きっとあなたの誤解よ」

「相手は職場の上司で、既婚者だ。ジェンマは大学の夜間講座に出ると言っては、彼と会っていたんだ。どうしてわかったと思う?」ローリーは苦々しげにきいた。「君が誘拐されたとご両親がうちに来たんで、ジェンマを早退させようと大学に飛んでいったんだ。ところが、ジェンマはこのところずっと来ていないと教師に言われてね!」

「ジェンマは、あなたがわたしにこういう話をしたと知ったらいやがるわ——」呼び鈴が鳴り、ベッツィはほっとして玄関に飛んでいった。この態度を見てローリーがわたしの気持ちを察して帰ってくれたら、と願いながら。

クリストスだった。思いがけない訪問者に、ベッツィはその場に凍りついた。みごとな仕立てのキャラメル色のスーツを着こなした彼は、以前よりさらに背が高く、肩幅も広く、浅黒い肌も際立って見える。あまりにゴージャスなその姿に、ベッツィの目は飢餓に苦しむ人が食べ物を目の前にしたように釘《くぎ》づけになった。金色に輝く瞳と目が合い、何かに正面衝突したような衝撃を感じた。

「どうしても言っておきたいことがある……後ろにいるのは誰だ?」クリストスは急に険しい目つきになり、ベッツィを押しのけてローリーと向かい合った。「君は誰だ?」

敵意をむきだしにしたクリストスの物言いにとまどい、ベッツィはさっと振り返った。

「妹のボーイフレンドのローリーよ」

「ここで何をしている?」クリストスは拳《こぶし》を固め、鋭い口調で尋ねた。突破口を求める溶岩のように、怒りが体内を駆け巡る。ベッツィが愛していると言っていた男が、ここで何をしているんだ？　しかもベッドの置いてある部屋で。妹に手を出してベッツィを裏切ったろくでなしのくせに。

もともと筋骨たくましいタイプではないローリーは圧倒されてあとずさりし、壁に背をつけた。「ベッツィとは仲のいい友人同士さ」

クリストスはいきなり両手でローリーの上着をつかみ、足が床から浮きあがるほど持ちあげた。「友人ではないはずだ。おまえが彼女を見る目つきを見たぞ。僕は所有欲が強い。彼女には近づくな。わかったか？」

「頭が変になったんじゃない？」ベッツィはクリストスの上着を引っ張った。しかし無駄だった。「彼を離して！」

「下ろせ……粉々にしないよう気をつけてもらいたいな」ローリーはさりげなく言ったものの、その顔は背後の白い壁と同じく、血の気が失《う》せていた。

「クリストス！」ベッツィは声を張りあげた。

クリストスはローリーを下ろし、一歩下がってシャツの袖口《そで》を引っ張った。相手が男らしく殴りかかってくるのを期待しつつ。

「君を暴行罪で訴えることもできるんだぞ」ローリーはネクタイを直しながら言った。

クリストスは失望し、玄関のドアを大きく開けた。「とっとと出ていけ」

ローリーはためらった。本当は出ていきたいのだが、ベッツィの目の前ですごすごと引き下がりたくないらしい。

「わたしなら心配ないわ……帰ってくれたほうがいいの」ベッツィはローリーに助け船を出した。

クリストスは窓辺に立っていた。自制心を失い、ローリーをのしてやりたいという激しい思いに駆られた自分にとまどっていた。自己に厳しいことがクリストスの誇りだったからだ。自分がどうなってしまったのか、理解できなかった。ギリシアに戻って以来、彼はいらだって周囲に八つ当たりばかりしていた。

祖父パトラスはずばりと指摘した。〝血走った目でけんか相手を探している熊《くま》にそっくりだな。おまえが部屋に入ってくると、わしは避難したくなるよ。あの島で何があったんだね？〟

「帰ってほしいんだけど……あなたとは話したくないの」

ベッツィの声にクリストスははっと我に返り、彼女をしげしげと見つめた。島にいたときよりもやせたようだ。青白い顔に目が不自然に大きく見える。おまけにシャツとジーンズというさえない格好だ。だが、どんな服を着ていても、肉体的にどんな欠陥があろうとも、彼女はごく自然な美しさをいつも発揮できる希有《けう》な女性だ。ベッツィが落ちこんでいることも、クリストスにははっきりとわかった。「あの情けない男はここで何をしていた？」

ベッツィは当惑し、頬を赤らめた。島にいたときに問いただされ、ローリーがジェンマに乗り換えた経緯をクリストスに詳しく話していた。彼がセックス以外で示した関心といったら、ローリーのことぐらいだった。

「ローリーとジェンマは問題を抱えていて……彼は誰かに相談したかったのよ」

「君が口出しして二人の問題が解決するとは思えない」クリストスはあざけるように断言した。

「あなたはわたしを誤解しているわ」ベッツィは硬い口調で言ったが、自分がまだローリーを愛していると彼が思いこんでいると知り、内心満足していた。彼がそう思っている限り、みじめな気持ちを悟られる心配はない。「あなたが出ていかないのなら、わたしが出るわ」

「五分だけ時間をくれ……それだけでいい」

ベッツィは視線を避けようとしたがかなわず、ついに屈してうなずいた。

クリストスは豹《ひょう》のように落ち着きなく部屋を歩きまわっている。彼がこちらを見ていないのをいいことに、ベッツィは彼を眺めた。いくら腹を立てていても、全身でクリストスを求めてしまう。

彼は両手を大きく広げた。「僕たちは一緒にいるほうがうまくいく。君がそばにいなくて、僕はずっと寂しかった」

「セックスでしょう……あなたが物足りなく思っているのは。すぐに立ち直れるわよ」ベッツィはにべもなく言い返した。

「君がそばにいてくれるのも、それと同じくらい大きな意味があるんだ。こんなことを女性に打ち明けたのは初めてだ」クリストスはベッツィを食い入るように見つめた。彼女が感激のあまり失神するのを期待しているかのように。

「あなたは婚約しているのよ。わたしがいなくて寂しいなんて言える立場じゃないでしょう」ベッツィはフリースのジャケットと鍵《かぎ》を手に取り、玄関のドアを開けた。

クリストスは彼女の手をつかんだ。「あきらめないからな……あきらめられない。君が欲しいんだ。僕の愛人になれば、君はあらゆるものを手に入れることができる」

「あなたはわたしのものだと言う権利を除いてね」

「そんな特権はどんな女性にも与えない」

「一緒に街を歩いていてあなたのお友だちに会ったとしても、わたしを自分の恋人だと紹介してくれることもないのよ――」ベッツィの声が震え、とぎれる。まるで普通の交際を申し出られたような言い方をしてしまい、恥ずかしくなったのだ。

愛人になってくれと真剣に頼む男性にとって、何が普通なのだろう？　おまけに、クリストスには悪びれた様子がまったくない。甘やかされて腐りきっているのよ。今までたくさんの女性からイエスと言われていたんでしょうね。彼をここまで自由にさせる婚約者にも責任があるわ。クリストスはお金持ちで、仕事でも成功し、息をのむほどハンサムで、ベッドの中でもすばらしい。彼のためなら信念を曲げてもかまわない、と思う女性は大勢いるだろう。わたしみたいに、愛や真剣さは抜きだという彼の言葉を信じなかった愚かな女性だって、何人かいたに違いない。クリストスが冷酷なプレイボーイだということを、ベッツィは身をもって知った。

「ベッツィ……」

彼女はクリストスの手を押しのけた。「そんなふうに親密に呼びかけないで。わたしの感情なんて考慮する価値はないと思っているんでしょう。わたしはあなたにはふさわしくないわ」

クリストスの瞳が挑むようにベッツィの目をとらえた。「それは違う——」

「だったら、わたしが始めようとしている事業について、どうして一度もきいてくれなかったの？　わけを説明して。事業って、クラシックカーの修理なんだけど！　わたしがなぜ今の仕事をしているのかも、あなたはきかなかったじゃない」ベッツィは激しく責めた。「あなたに婚約者がいることを、わたしは知る権利があったわ。もし知っていたら、あんなことはしなかったのに……」

「やれやれ……」クリストスはのみで削ったような高い頬骨のあたりをかすかに染め、苦笑をもらした。「相手を求める気持ちに打ち勝てなかったのはお互い様だ」

「あなたは――」

「言っておくが、初めて君を見たときは声もかけずじまいだったんだぞ」クリストスは精《せい》悍《かん》な顔をこわばらせ、怒りをこめて言った。「君は運転手だった……そうと知って、僕が君を必死にくどこうとすると思うか？」

「恩着せがましい言い方をするのね！」ベッツィは外に出て、石段を下り始めた。「ちゃんとドアを閉めてきて！」肩越しに叫ぶ。

ワンルームのアパートメントのドアをばたんと閉め、クリストスは大股でベッツィのあとを追った。「恩着せがましいわけじゃない。正直に言っているだけだ。正直に言うのが犯罪だといつから変わった？」

「初対面の人に失礼なことをして、自分がいかに重要人物かと吹聴《ふいちょう》したときよ！」ベッツィはどなり返した。「それに正直だなんてよくも言えるわね。婚約していたのを隠していたくせに！　計算ずくで、ずるいやり方よ！」

ボディガードたちがあんぐりと口を開けて見ているのをものともせずに足を速め、クリストスはベッツィに追いついた。怒りのあまり、周囲の状況などまったく目に入らなかった。「もう二度と連絡しないからな」

「約束よ……ちゃんと約束してね……」ベッツィは猫のように挑発的な視線を送った。

「それからここにも二度と来ない。今度は君が僕のところへ来る番だ」

「あなたの夢の中でね！」ベッツィはさっさと角を曲がった。

　クリストスは一歩前に出て、片手を建物の壁についてベッツィの行く手を遮り、もう片方の手を彼女の背後の壁についた。

　ベッツィは大げさにため息をつき、煉瓦《れんが》の壁にもたれかかった。「まだ気がすまないの？」瞳がきらきらと輝いている。クリストスとの応酬がたまらなく楽しかった。

「まだ全然……」

　焼けつくような彼の瞳に射すくめられ、ベッツィは感電したようなショックを受けた。

「どういうこと？」激怒しながらも、うっとりと見入ってしまう。

　クリストスは壁に両手をついたまま身をかがめ、キスでベッツィの口を開かせた。炎や火花が見えるかと思えるほど熱いキスだった。

　顔を上げたクリストスの瞳には、男性特有の原始的な満足感が宿っていた。「僕は待てる。僕のところにおいで……」

　解放されたベッツィはふらふらと通りを進んでいった。気持ちの一部をどこかに置き忘れてきたような気がする。めまいがしそうなほど怒りも感じている。クリストスのせいで、わたしの人格は二分されてしまった。憎んでいるくせに、麻薬依存症患者《ジャンキー》みたいに彼を求めてしまう。目の奥がつんとし、ベッツィは目をしばたたいた。ここまで弱い自分が情けない。クリストスのことなんか忘れられるわ。ローリーのときも、いつの間にか立ち直れたのだから。

翌日、仕事を終えて会社を出たベッツィを、ジェンマが待ち受けていた。妹は愛らしい顔をこわばらせ、とても用心深くなっていた。

「ローリーと会った？」ジェンマは緊張した面持ちできいた。

ベッツィはめったに嘘をつかないが、このときばかりは正直に言う勇気が出なかった。

「わたしがどうしてローリーと？」驚いた感じが出ていればいいけれどと願いつつ、きき返す。

ジェンマのほっとした顔を見て、ベッツィは嘘をついてよかったと思った。妹は通りの向かいにあるバーに姉を連れていき、ローリーとの大げんかの一部始終を語った。妹から打ち明けられたことがほとんどなかったベッツィは、話の内容に心を痛めながらも、とてもうれしく思った。

「彼を嫉妬《しっと》させたかったのよ。だって、わたしがそばにいるのを当然みたいに思っていたんだもの。浮気なんかするわけがないわ」ジェンマは顎をつんと上げ、金髪の頭を振った。

「ローリーの気持ちに火をつけたかっただけなのに」

「その点はうまくいったじゃない」

「まさか荷物をまとめて出ていくとは思わなかったわ！　夜間講座に飽きちゃったから、

友だちと軽く一杯やるようになっていたの。去年のクリスマスパーティで、わたしがローリーの上司とおしゃべりしているのを見てから、ローリーは怪しいと思いこんでいるのよ。彼を傷つけてみたかった。でも、こんな最悪の事態になるなんて」

ベッツィは軽い吐き気を催した。「その香水、きつすぎない？　気分が悪くなってくるわ」テーブル越しに妹に小声で言う。

「別に。でも、ソフィがおなかにいたときは、ある種の匂《にお》いにとても敏感だったわ。それでね、ローリーを試していたんだけど――」

ジェンマが何気なく妊娠中のことに触れたため、ベッツィは青ざめた。「試して？」

ジェンマは挑戦的に姉を見すえた。「彼、わたしを愛しているって一度も言ってくれないの。姉さんにそう言ってさんざんな目に遭わされたから、懲りているんだわ」

ついにいつもの攻撃が開始され、ベッツィはうんざりした。「いい加減にして――」

「姉さんはローリーの気持ちを踏みにじったのよ！　あんなにいい仕事を彼に相談もしないで辞め、リムジンの運転手になったり。結婚のことだって、考える時間が欲しいなんて。彼がいなくても生きていけるって宣言しているようなものよ」

ベッツィは唇を引き結んだ。そんな見方があることに彼女は初めて思い至った。だが、たとえそこに事実が含まれているとしても、過去を何度も蒸し返されるのは、もう我慢できない。彼女は静かに妹を諭した。「はるか昔の話でしょう」

ジェンマは怒りに顔を真っ赤にした。「姉さんのあとばかり追いかけるのは、ちっとも楽しくなかったわ。いつだって姉さんがいちばんで、わたしは二番なんだもの。ソフィがいたから、彼はわたしと一緒になったんじゃないかって——」

「けれど、ローリーはあなたを愛しているわ」

「そんなこと一度も言ってくれやしない」

「彼を見ていればわかるわよ」

「ほんと？」

ジェンマの顔がぱっと輝いたのを見て、ベッツィは妹が今でも大きな不安を抱えているとわかり、驚きを禁じえなかった。妹が自分に嫉妬し、不安を覚えているなど、思いもよらなかった。

「今夜にでも話し合いたいって、彼に頼んでみるわ……」帰り支度を始めたジェンマは、思い出したようにハンドバッグの中をかきまわした。「そうそう、これね、姉さんが興味を持つんじゃないかなと思って……」

「どれ？」

ジェンマから渡されたのは雑誌の切り抜きで、クリストスが金髪美人とダンスを踊っている写真が載っていた。ベッツィの顔から血の気が引いた。

「クリストス・ステファニデスがすごくセクシーな男性だって、ひと言も言ってくれなかったじゃない……」ジェンマは文句を言った。

ベッツィは吐き気を覚えつつ、写真に添えられたキャプションを読んだ。〝ギリシアの大物実業家クリストス・ステファニデスと、彼の婚約者ペトリーナ・ローディアス。アテネで催されたステファニデス家主催のチャリティ舞踏会にて〟

「とてもハンサムね――」

「そうね」ベッツィは鋭く遮り、ペトリーナの写真を食い入るように見つめた。北ヨーロッパ系のみごとな金髪で、純白のイブニングドレスに身を包み、襟もとにはダイヤモンドが燦然《さんぜん》ときらめいている。

ベッツィとは格が違う、とその写真は物語っていた。ペトリーナは外見も地位も財力もクリストスに引けをとっていない。ベッツィは息苦しくなり、気持ちをしずめようと必死に息を吸いこんだ。

「ちょっと……ベッツィ？」ジェンマははっとした。

「ここは暑すぎるわ」ベッツィは額に汗を浮かべ、急いで店を出た。外は涼しい夜風が吹いていた。

「知らなかったの……本当よ！　知っていたら、見せなかったのに……」

「この話はしたくないの」ベッツィは激情を抑え、ぶっきらぼうに言った。

「姉さんって……男性運がないみたいね。ローリーも、やくざなジョーも……それに

――」

「今世紀最低の男性、クリストス・ステファニデスも？　その話はやめにしましょう」妹が言い返さなかったのはこれが初めてだった。

ベッツィはアパートメントに帰る途中で妊娠判定薬を買った。しかし、帰宅しても箱を開けず、テーブルの上に置いた。ベッドに入って明かりを消す間際に見たのも、翌朝起きて真っ先に目に入ったのも、この箱だった。彼女はついに判定薬を使ってみた。結果は陽性だった。そのショックはあまりに大きく、ベッツィはわっと泣きだした。

未婚の母という立場をどうやって受け入れよう？　フルタイムの託児所を利用できるほどの稼ぎはない。生まれたばかりの赤ちゃんを抱え、車の修理をするなんて不可能だ。どんな仕事でも、開業して軌道に乗せるまでは長時間労働を強いられるのだから。せっかく機が熟したというのに、クリストスはわたしから独立と自由と幸せな人生を奪ってしまった。

彼はわたしをベッドに誘うのに二十四時間ほどしかかからなかった。なんと簡単に屈してしまったのだろう。あのときは、自分の感情のままに行動するのが勇気あることだと思っていた。でも、今は違う。愚かとしか言いようがない。ふしだらな女みたいにふるまってしまった。クリストスがわたしに敬意を払わず、愛人になどと言いだしたのも無理からぬ話かもしれない。

でも、あのときの約束はどうなるの？　もしわたしが妊娠したら、しっかり責任をとると彼は言っていた……別の女性と婚約していたくせに！　よくもあんなまねができたものだわ。おまけに、また関係を求めてくるなんて。クリストスには恥という観念がないのかしら？　ベッツィの視界は涙でぼやけた。

どうしてクリストスを魅力的だと思ってしまったのだろう？　彼がほほ笑むたび、十代の女の子みたいに胸をときめかしたりして。彼のために料理をつくり、シャツを手で洗って。クリストスは難なくわたしを家政婦にしてしまった。結婚したら自分のものは自分で洗濯して、料理も交替でできるようにちゃんと覚えて、とローリーには言っていたのに。

だが、クリストスには言えなかった。恋に落ち、甘く浮き浮きした気分に舞いあがっていた。彼のために、すべてにおいて完璧《かんぺき》でありたいと思っていた。そして今や彼の赤ちゃんを宿している。クリストスにとって、生涯最大のショックとなるに違いない。この間会ったとき、彼は妊娠の可能性などまったく考えていなかったはずだ。わたしに尋ねもしなかったのだから。落ち着きを失わず、自信に満ちているのは、今まで恵まれた人生を歩んできたからだろう。誘拐されたときでさえ、美しい島で設備の整った家とおいしい食事と、ベッドパートナーまであてがわれたのだから。

見方を変えれば、彼の幸運はあのとき終わりを告げたとも言える。わたしが妊娠したと知ったら、クリストスは困り果てるだろう。婚約者のいる人に、赤ちゃんができたなどと告げるのはとても気が重い。赤ちゃんなどいらないと彼は思うかしら？　彼にとって、子どもは迷惑な存在でしかないの？

ベッツィは深く息を吸いこみ、感情的になっている自分を叱《しか》りつけた。クリストスに話さなければ。赤ちゃんとわたし自身のことを第一に考えよう。とにかく、わたしひとりでは赤ちゃんを授かれない以上、彼にも責任はある……。

6

ステファニデス社のオフィスが入っているフロアの待合室で、ベッツィはダークブラウンの堅苦しいスーツを着こみ、緊張しきって座っていた。

「ミズ・ミッチェル?」あか抜けた年配の女性がコードレス電話を手に近づいてきた。

「ミスター・ステファニデスは今、大事な会議の最中ですが、あなたと話したいそうです」

ベッツィはとまどいながらも、差しだされた電話を受け取った。

「来てくれてとてもうれしいよ。お昼を一緒に食べよう」

クリストスがかすれた声で言った。彼とは別の男性の声が受話器を通してかすかに聞こえてくる。

「でも――」

「今は話す時間がない。いいかい、君のために車を手配した。ドリアスが一階まで送ってくれる。一時間以内に会議を切りあげ、君と落ち合うよ」

クリストスはベッツィの返事を待たずに電話を切った。前もって彼に連絡しておくべきだった、とベッツィは悔やんだ。

まもなく、誘拐された日にやり合ったボディガードがエレベーターから降りてきた。

「こちらへどうぞ」いかつい顔のドリアスは無表情で、まるで初対面のようだ。

豪華なリムジンの乗客となるのは生まれて初めてだったが、せっかくのチャンスなのに、ベッツィはリラックスできなかった。どこに連れていかれるのだろう？　ほかの客のいるレストランで、妊娠したなどとは言いにくい。クリストスが来たら、人のいないところで話したいと言わなくては。

行き着いた先は高級住宅街のペントハウスだった。ベッツィは困惑した。この豪華な家は、クリストスがロンドンに滞在しているときに使っているものだろう。彼女は絨毯《じゅうたん》を踏みしめ、立派な居間へ入った。けれども、妙なことに、生活感がない。写真や本など、居住者の好みや家族などを感じさせるものが何ひとつない。居間と反対側のほうから、皿の触れ合う音や話し声がかすかに聞こえてくる。食事の支度をしているのだ。

「ベッツィ……」

彼女が振り返ると、黒い瞳を金色に輝かせたクリストスが戸口に立っていた。

「この歴史的瞬間をどうやって祝おうか？」彼は甘い口調で言った。

ピンストライプのダークグレーのスーツは、広い肩にも、長くたくましい脚にもぴったり合っている。みごとな仕立てだ。息をのむほどハンサムな顔に、破壊的な威力を有する笑みがよぎる。ベッツィは心臓が飛び跳ねたように感じたが、次の瞬間、ペトリーナ・ローディアスのことを思い出し、背筋をこわばらせた。

「祝うですって？」言うべきことを言わなくては。

「このペントハウスは君のものだ。自由の身となってすぐにここを買ったんだ」クリストスはそう言ってゆっくりと近づいてきた。「だが、気に入らないのなら、もっと君の好みに合う物件を探そう」

そのとき初めて、ベッツィはクリストスが完璧《かんぺき》に誤解していることに気づいた。「とんだ無駄遣いをしたものね。どうして話をちゃんと聞いてくれないの――」

「君を取り戻したいからだ。なぜ喜んでくれない？　打ちひしがれたような顔をして――」

「そうよ……その点はちゃんと見抜けたわね。でも、ほかのことはすべて誤解よ。今日あなたに会いに来た目的はただひとつ――」

「それは食事をしながらゆっくり話し合おう」クリストスは巧みに口を挟んだ。

「おしゃべりを楽しむような気分じゃないのよ……あの……」ベッツィは一瞬ためらったのち、硬い口調で続けた。「妊娠したの」

クリストスはその場に凍りついた。彫像のように動かない。表情こそ変わらないものの、顔がこわばっている。長い沈黙が続き、ベッツィはいたたまれない気持ちになった。

「確かなのか?」クリストスはきっぱりとした声で尋ねた。黒い瞳にもはや金色のきらめきはなく、重苦しさをたたえている。用心深いきき方と、急に強くなったギリシア語なまりが、ショックの大きさを物語っていた。

「きのう、お医者さんに診てもらったわ」

息づまるような沈黙が流れた。

「その前からわかっていたんだけど」

クリストスの頑丈な顎に力が入る。「で、そういう話をするのに、僕のオフィスが最高の場所だと思ったのか?」

ベッツィの口から寂しそうな笑いがかすかにもれた。「あなたがロンドンでどこに住んでいるか知らないもの。これってすべてを物語っていると思わない? わたしは住所も知らない人の赤ちゃんを身ごもったのよ!」

「僕の住所がさほど重要とは思わない」

「そうでしょうね。あなたはコンクリートのブロックみたいに繊細な人だから」

「飲み物でもいかがですか?」クリストスは太い声でゆったりと、いやに丁寧に言った。

ベッツィは話の腰を折られたように感じ、顔を赤くした。「なんでもいいわ……」

「アルコール類はもちろんだめだ」クリストスは持って生まれた傲慢《ごうまん》さでぴしゃりと言った。

ベッツィのほっそりした体を怒りが駆け巡った。妊娠したと知って十秒とたたないうちに、クリストスは偉そうな態度をとり始めている。「妊娠した女性の扱い方をよく知ってるわね……」

「常識程度にはね」

「妊娠させる危険性よりも、妊娠しているときの健康状態について詳しいことを祈るわ！」

クリストスは翼のような黒い眉を片方だけ上げた。「そんなことを言うのが建設的だと思うのか？」

彼の言葉は牛の前で赤い布を振るようなものだった。「建設的じゃないけど、わたしがどんなに苦々しく思っているかがわかるでしょう！　感動するような約束を山ほどして、万一のときはわたしを支えてくれるとまで誓い――」

「ほかの男性との不幸な経験がそういう誤解を招いたのかもしれないな」クリストスはそっけなく言い、壁のベルを押した。

「どういうことかしら？」

「頼りになる男性を君は知らない――」

「自分は頼りになるなんて言わないでね！」

「僕にチャンスも与えずに決めつけるな」

「ローリーのことや、誘拐犯と一度だけデートしたのを引き合いに出さないで！　今度こんな言い方をしたら叫ぶわよ！」

「言い争ったところで何も始まらないだろう」

「男性を見る目がないと言いたいなら、あなた自身もその中に加えてほしいわ」ベッツィはひるむことなく攻撃しつづけた。「誠実な人だったら、わたしがどんなに悲しみ、打撃を受けたかわかるはずよ。今の時点で妊娠したら、将来の計画がすべてぶち壊されてしまうのに」

　クリストスは何も言わなかった。今のベッツィの言葉で、津波が大惨事を引き起こすのを目前にしながら傍観しているような気持ちに襲われたのだ。彼はまたたく間に自分がなすべきこととその結果を悟った。ローディアス一族との合併は頓挫《とんざ》し、醜い争いが生じるのは避けられまい。ステファニデス社の株は下落し、株主は不安に駆られ、乗っ取りを目的とした株式の公開買いつけも始まるに違いない。従業員を解雇し、経営の立て直しを迫られるのは目に見えている……。

　ベッツィは目の奥がつんとなり、クリストスに背を向けて窓の外を眺めた。ひどく感情的になっている。妊娠初期に感情を荒立たせてはいけない、と医者から注意されていたのに、ここ何日か泣いたり叫んだりの連続だ。今までこんなことはなかったのに。でも、クリストスをなじって何になるの？　おなかに芽生えた新たな命に対して、わたしにだって彼と同等の責任があるはずよ。

しんとした部屋に静かなノックの音が響き、ベッツィは素早く振り返った。使用人とおぼしき年配の男性が会釈する。そしてクリストスと言葉を交わしてから飲み物の入ったキャビネットを開けた。

ベッツィは男性がブランデーと清涼飲料水をグラスにつぐさまをうつろに眺めていた。そのときになってやっと、クリストスが壁のベルを押したわけがわかった。トレイを差しだされ、ベッツィは小さく礼を言って、グラスを手に取った。

「クリストス……」男性が出ていってから、ベッツィは声を震わせて言った。「ほんの三メートルしか離れていないキャビネットから飲み物を二人分つぐためだけに、わざわざあの人を呼びつけたの?」

クリストスは怪訝《けげん》そうに眉を寄せた。「それがどうかしたのか?」

「いいえ……なんでもないの」

クリストスは何もかも使用人にやらせて当然と思っている。つまらない作業を自分ですることに慣れていない。だからキッチンにいると所在なげで、食事は別室でしようと言い張ったのだ。冷蔵庫から何かを出してと頼んだとき、彼は食器洗い機を開けた。彼のシャツにアイロンをかけていたとき、クリストスは目を丸くして見つめ、さも大変な作業かのような感想をもらした。遠まわしに礼を言ったのではなく、初めて見る作業に対する正直な感想だった。

　ベッツィは清涼飲料水を飲みながら、グラス越しにクリストスを見つめた。精悍《せいかん》な顔をこわばらせ、暗い表情を浮かべている。一瞬、ベッツィはプライドも忘れ、胸が張り裂けそうになった。今でもクリストスを愛している。あの日、空港の駐車場でわたしに気づかなければよかったと彼が後悔しているのなら、あまりにつらい。

　クリストスは真剣な表情でベッツィを見つめた。「君は妊娠したのを腹立たしく思い、僕に対しても怒りを覚えている。君の気持ちはわかるが、赤ん坊についてどう感じているのかを聞きたい」

　ベッツィは顔を伏せた。ベッツィはまだおなかの子をひとりの人間として意識する余裕がなかった。だが、子どもに安定した環境と父親を与えられないことを不憫《ふびん》に感じていたのは確かだ。親として失格ではという不安もひそかにいだいていた。正直な話、巨大な責任が自分ひとりにかかってくるのは恐ろしいとも感じていた。しかし、そういう感情は恥ずべきものと思い、口にできなかった。

「君にとってつらいのはわかっている」

　クリストスはいつもと違い、慎重に言葉を選んでいる。ベッツィははっとして顔を上げた。

「それでも、はっきり決めなければならない。お互い、率直に気持ちを伝え合わなければば」

ベッツィは身構えた。「中絶はしたくないわ」

「僕がそういうことを尋ねたと思っているのか？」形のよい唇がゆがんだものの、目に浮かぶ表情に変化はない。「おなかの子は僕の子どもでもある。僕は何よりも家族の絆《きずな》を大切にするようしつけられて育った。これから生まれる子どもはステファニデス家の一員でもある。もし君が中絶を望んだら、考え直すように説得した――」

「とても信じられないわ。あなたにとって、ほかにどんな選択肢があるの？」

「選択肢はどんな場合にもある。この子といっさいかかわりたくないと思うなら、君と子どものために金銭的な援助を惜しまない。でも、血のつながった我が子に決して会わないというのは、耐えられそうにない。両親が亡くなったとき、祖父が例を示してくれたんだ」

「どんな？」ベッツィは小声できいた。

「当時パトラスは仕事から手を引き、優雅な隠居生活を送ろうとしていた。ずっと年下の女性との再婚も決まっていた。だが、パトラスは両親を亡くした僕のために、夢を犠牲にしたんだ。僕が十一歳のときだ。パトラスは僕が相続できるようにとステファニデス帝国の支配権を誰にも譲らず、その女性を愛していたにもかかわらず、結婚をあきらめた。僕の継母《ままはは》としてふさわしくないとわかっていたからだ」

ベッツィは涙がこみあげるのを感じた。「わたしはあなたに犠牲になってほしくないの。本当よ、クリストス」

「君のことを考えているわけじゃない……僕たちの子どものことだ」彼は冷ややかに指摘した。「お互い大人なんだから、自分たちで解決できるはずだ。この子は僕たち以外に頼れる人がいない。安定した環境を与えてやるのが僕の義務だと思う」

「わたしはお酒も飲まないし、麻薬に手を出してもいないわ。だから、わたしが子どもの面倒を見るのはふさわしくないみたいな言い方をされるのは心外だわ」ベッツィは硬い口調で抗議した。

クリストスはいらだち、ため息をついた。「何を言ってもすぐに怒るんだな。もっと広い視野で物事を見られないのか？　君が親としてふさわしくないなどと言っていない。だが、子どもには、結婚している両親のもとで育ってほしい。それは君だって否定できないはずだ」

ベッツィはわけがわからず、眉をひそめた。緊張して立ちっぱなしなので、背中が痛い。耐えきれなくなり、彼女は後ろのソファに腰を下ろした。「もう一度説明して……結婚している両親って？」

クリストスは黒い瞳を金色に光らせ、もどかしげに両手を広げた。「だから、僕たちは結婚するしかないということだ！」

「そんな、だめよ……そこまであなたが犠牲になる必要はないわ！」ベッツィは驚きを表に出すまいと努めた。「わたしだってこの子にできる限りのことをしてやりたい。でも、いかなる事情があろうと、あなたみたいな人とは結婚しない！」

「どういう意味だ……あなたみたいな人、っていうのは？」

「婚約者がいながらわたしとベッドを共にして、愛人になってくれと頼むような人よ。結婚したらどんな夫になるか、頭がよくなくてもわかるわ！」

容赦なく言われて、クリストスの体内に激しい怒りがこみあげた。「僕は夫としても父親としても申し分ない存在になってみせる」

ベッツィはつんと顎を上げた。「でも、あなたはわたしの夫にはならないのよ」

一触即発という雰囲気の中、先ほどの使用人が音もなく現れ、食事の用意ができたと告げた。

「おなかはすいてないの」ベッツィは言った。

クリストスは彼女に険しい一瞥《いちべつ》をくれた。「おなかの子は腹をすかしているかもしれない」

二人は玄関ホールの向かいの部屋に入った。磨きあげたマホガニーのテーブルの上に美しい陶器が並んでいる。状況が違っていたら、ベッツィは深い感銘を覚えただろう。だが彼女は今、婚約を破棄してまで責任をとると聞かされたショックから、まだ立ち直れずにいた。島で約束したとおり、彼はずっと支えてくれるつもりでいる。

「ペトリーナのことで僕を判断してほしくない」クリストスは落ち着き払って言った。「彼女とどういうつながりがあるか、君にはわからないし、知る必要もない。人に話すべきではない個人的な事情だってある——」

「浮気をしてもなんとも思わないでくれと遠まわしに要求しているだけでしょう」軽蔑《けいべつ》するようにベッツィはみずみずしいピンク色の唇をゆがめた。厳しい表情を浮かべたクリストスに見つめられ、彼女は椅子に座ったままもぞもぞした。

「結婚してくれと僕は君に頼んだ。だからといって君が僕を侮辱していいということにはならない」

ベッツィは恥ずかしさに顔を赤らめた。

「僕は口先だけの約束などしない。結婚生活がうまくいくよう、僕はできる限りのことをするつもりだ——」

「赤ちゃんのためにでしょう」ベッツィは小声で口を挟んだ。

「僕たちみんなのためにだ」

彼の言葉を噛《か》みしめつつ、ベッツィは最初に出された新鮮な果物を食べた。情けをかけてもらいたくなくても、少なくとも彼の誠意だけは尊敬しようと努めながら。「子どもは好きなの？」

「とても好きだ……兄弟は失ったが、いとこなら大勢いる。もうほとんどが子持ちだよ」

子ども好きとは……。だったら彼はペトリーナ・ローディアスとの間に子どもを望んでいたのだろう。クリストスはペトリーナを愛しているのかしら？　愛と誠実さは必ずしも一致しない。肉体的な誠実さを大事だと思わない人だっている。けれど、ベッツィはその点を非常に重視していた。クリストスがほかの女性と関係を持っても、ペトリーナは平気なのかしら？　それとも知らないだけ？　クリストスを愛するがゆえに、すべてに目をつぶれるの？　次々に疑問がわきおこり、ベッツィは気持ちを落ち着かせようとゆっくり息を吸いこんだ。

「今考えていることを言ってほしい……不安があるならはっきり言ってくれ」

クリストスはワイングラスを手に、肘掛け椅子の背にもたれた。漆黒の髪は窓から差しこむ光に輝いている。ブロンズ色の顔に張りつめた表情を浮かべた彼は、信じられないほどハンサムだ。しかも、いかにも彼らしい感じがする。特権階級出身のギリシアの大物実業家で、知的で教養もあり、洗練されている彼。だが、名誉を重んじる律儀な一面もある。

「うまくいくわけないわ。あなたとわたしじゃ水と油だもの」

「そいつは刺激的だ」

「しょっちゅうけんかよ！」

彼の瞳がきらめいた。大きく官能的な唇の端が上がり、白い歯がかすかにのぞく。「べッドではどうかな。お互いの情熱を忘れてはいけない」

「それだけじゃ充分とは言えないわ」ベッツィはつれなく言った。

結婚を断られて幸いだということに、クリストスは気づかないのかしら？　このまま結婚に応じるのは身勝手すぎる。彼にとって大切な人といえば、やはり共通点の多いペトリーナだろう。クリストスは金銭的な援助をしてくれる、どベッツィは確信していた。現実的な手助けをほんの少ししてくれるだけで、ベッツィはひとりでもなんとかやっていけるし、彼だって自由に動け、美しくて資産もあるペトリーナと結婚できるのだ。

ペトリーナは何も知らないのだろう。ローリーが不実をはたらいたときの苦しみを知っているだけに、ベッツィはほかの女性に同じ思いを絶対にさせたくなかった。クリストスにとって、会ったことのない我が子がいるというのは確かにつらいと思う。でも、八方がうまくおさまる解決策などありえない。

「正直に打ち明けてくれないんだね」青ざめ、張りつめたベッツィの顔を、クリストスは責めるように見つめた。「君は妹のボーイフレンドを愛している。二人が仲たがいすれば、彼を取り戻せると思っているんだろう」

「ばかを言わないで！」そこまで卑しい人間だと思われたことに、ベッツィは心底、腹を立てた。

「僕の子を身ごもっている君を、彼が求めるとは思えないね。第一、君には僕がついているのだから」クリストスはあからさまにあざけった。

ベッツィはかっとなり、勢いよく椅子を引いて席を立った。そのとたん激しいめまいと吐き気に襲われ、かすかな抗議の声をもらすと同時にくずおれて、少しの間、気を失った。

「じっとしていたまえ……」クリストスは意識を取り戻しかけた彼女に命じた。

このときばかりは、ベッツィも言い返せなかった。まだ気分が悪い。彼女は目を閉じたまま、吐き気を抑えようと努めた。クリストスが低くせっぱ詰まった声で誰かに話をしている。続いて受話器を置く音が聞こえたかと思うと、ベッツィは彼に抱きあげられた。思いがけず涙がこみあげ、目を固く閉じる。それでも、ベッドに下ろされるなり、彼女は起きあがろうとした。「もう大丈夫――」

「大丈夫じゃない。倒れたのは僕のせいだ。言い合いなどすべきではなかったんだ」

「妊娠中はめまいを起こしやすいのよ――」声がつかえる。ベッツィは自分がひどく哀れに思えた。

クリストスは納得しなかった。「少なくとも医者が来るまでは横になっていたほうがいい」

「お医者さんを呼んだの？　そんな必要なかったのに」

やがて医師がやってきた。温厚で、明るくさわやかな感じのする年配の男性は、ベッツィにもっと自分を大事にするよう言い渡した。

不安を隠そうともしないクリストスに、本当は頭を枕《まくら》から離すのもつらいほど疲れている、とベッツィは打ち明けそうになった。「ちょっと眠るわ」

クリストスはベッドの傍らに立ち、ベッツィを見つめていた。何も見逃さない瞳はまつげの陰になり、表情が読めない。「僕の気持ちは変わらないからな。君と結婚する。君の面倒を見たいし、父親として僕の子の人生にかかわっていきたい。ほかに選択肢はいっさいない」

「今は眠くて何も言えないわ」ベッツィは息をのむほどハンサムな顔をうっとりと見つめたものの、すぐさま我に返り、赤らんだ顔をそむけた。「あなたが約束を守ってくれると信じていなかったの。ごめんなさい。あなたは結婚がいちばんいい方法だと思っているけれど、最近の女性は、子どもを育てるためだけに結婚を選んだりしないのよ」

「ステファニデス家の女性は違う」

てこでも動かないんだから。ベッツィは口もとにかすかな笑みを浮かべたまま深い眠りに落ち、数時間眠りつづけた。

目覚めたときはだいぶ気分がよくなっていた。ほどなくクリストスが入ってきて、上体を起こしていたベッツィに電話を渡した。

「君に……ご両親からだ……」

ベッツィは耳を疑い、振り返った。しかし、クリストスはすでに姿を消していた。

「ベッツィ……」コリン・ミッチェルがうれしそうに言った。「お父さんもわたしも電話したくてうずうずしていたのよ。クリストスが電話をくれて、自己紹介をしてくれたの――」

「クリストスが……なんて言ったの？」

「あなたが働きすぎで疲れているって、とても心配していたわ……彼、わたしたちに会いたいんですって」

ベッツィは身をこわばらせた。「本当に？」

「実はね、お父さんもわたしもクリストスに引きつけられてしまったのよ。ハンサムなのはわかっていたけれど、話すときの感じもいいし。それに、ものすごくお金持ちみたいね。お金の問題じゃないってあなたは言うでしょうけど、結婚するならやっぱり経済力のある人がいいと思うわ――」

「クリストスは結婚式の費用を自分が出すと言い張っているんだ」父親が割って入った。子機を使っているのだろう。

「そうなの。とても太っ腹で思いやりもあって」コリン・ミッチェルが熱をこめて言った。

「あなたが妊娠したって聞いたら、本当なら怒りたくなるところだけど――」

「彼がしゃべったの？」ベッツィは叫んだ。

「でも、すぐに結婚するんだし、彼はローリーと違って、あなたを未婚の母にしたらかわいそうだと思っているわ」

「そうだ。そのことでクリストスを責めてはだめだぞ」父親が忠告した。「彼はおまえの指に指輪をはめる日を待ち焦がれている」

「いつ結婚話が出たの？」ベッツィは声をやや張りあげた。

「結婚式の招待客のリストをつくってくれって言われたときよ」コリンは明らかに興奮していた。「好きなだけ招待してもいいそうよ。よかったわねえ、ベッツィ。もう親戚《しんせき》の半分に伝えたわ。あなたたちが盛大な結婚式を挙げたら、ローリーもその気になるんじゃないかしら」

「ジェンマとローリーが仲直りして安心した」父親が言う。「花嫁付添人はジェンマにすればいい」

「あら、だめよ！」母親が慌てて口を挟んだ。「ジェンマは自分が花嫁になりたいんだから。ソフィのほうがいいわ」

夫婦の間でやり取りが続いている。ベッツィはあとでこちらから電話するからと断り、なんとか話を切りあげた。自分が寝ている間にクリストスが大胆な罠《わな》を仕掛けたことが信じられない。どうしてここまで卑劣になれるのだろう。事情を何も知らないわたしの両親を味方に引き入れ、わたしに圧力をかけるなんて。母はもう、長女が結婚すると触れまわっている。結婚が取りやめとなったら、コリン・ミッチェルは大恥をかいてしまう。

クリストスは居間で電話をかけている。ベッツィと目が合うと、彼は受話器を置いた。

「よくもこんなまねができるわね」

「いつか君は今日を振り返り、僕が君の幸せをいちばんに考えていたとわかるだろう」クリストスはさらりと言ってのけた。

「あなたが考えているのは、自分のしたいようにするっていうことだけよ。いつも自分が正しいと思っているんだから！」

「そうかもしれない」

クリストスはあくまで言い争いを避けるつもりらしい。

「あなたと結婚したくないって両親に言えると思う？　妊娠していることまで知っているのに！」ベッツィは非難した。

「確かに言いにくいだろうね」

「こんなふうに仕向けるなんて信じられない……わたしははっきりノーと言ったのに。事情を何も知らないわたしの家族を巻きこむ権利なんて、あなたにはないはずよ。まるで脅迫されているみたいだわ」

「ほかにどう感じようがある？」こんな非難は無視するに限ると言わんばかりの口調だ。

「すばらしい気分よ！　望まない生き方を無理やりわたしに押しつけ、お互いの人生を台なしにしてしまう。ペトリーナにこんな仕打ちをしてはならないのに……残酷すぎるわ」

クリストスは顔をこわばらせた。「ペトリーナの心配は僕がすればいいことで、君には関係ない」

「ローリーに傷つけられたときに味わったような思いをほかの人にさせるなんて、耐えられないの！」

クリストスの瞳の中で、金色の光が揺らめいた。「おなかの子を第一に考えなければいけないんだ」

ベッツィは華奢《きゃしゃ》な肩を落とした。クリストスは彼女の両手を取り、引き寄せた。

「そんなに気持ちを乱してはだめだ」太く低い声は、ベッツィにとって切ないほどなじみ深いものとなっていた。「変えることのできないものに気をもんでも仕方ないだろう？ご両親に連絡したのは、早く結婚したかったからだ。君は僕たちの最初の子どもを宿しているんだからね」

クリストスの手の中で、ベッツィの指が震えた。僕たちの最初の子ども。彼はわたしの目を未来へと、子どもたちが望まれて生まれてくる本当の結婚生活へと向かわせた。ベッツィは胸がいっぱいになった。この人と結婚したい。心の底からそう思った。

「でも、罠にかけられたって気持ちにならない？　わたしのこと、怒っているんじゃない？」ベッツィは小声できいた。

クリストスは片手を豊かな金褐色の髪に差し入れ、ベッツィの顔を上げさせた。そして射抜くようなまなざしで彼女の苦悩に満ちた瞳をとらえた。「いや。決して怒ってなんかいない。君が欲しい。僕たちの子どもも欲しい」

ベッツィは片手を彼の肩に置き、恥ずかしそうに、だが、肉体的接触を焦がれる女性ならではのしぐさで指を広げた。「誠実になってくれなければいやよ……どんな言い訳も通用しませんからね……鷹《たか》のような目で見張っているわよ」彼女はクリストスに警告した。「わたしと結婚したら、どんな些細《ささい》な浮気も許されないのよ。それでも耐えられる？」

「選択肢はないのか？」彼はぬけぬけときいた。

「ないわ。一度でも問題を起こしたら終わりよ」

「けれど、君は僕と結婚する」

もしできるなら今日にでも。そう口にしそうになったが、幸い声が出ず、うなずくしかなかった。

7

結婚式当日、ベッツィは最高に幸せな気分に包まれていた。

大きな姿見に我が身を映してみる。頭上にはダイヤモンドのティアラがきらめき、ひと目ぼれした緑色のシルクのビスチェとアイボリーの流れるようなスカートが、背が高くほっそりとした彼女に気品を添えている。赤銅色に輝く髪は、シルクの滝となって華奢《きゃしゃ》な背中に流れていた。ビスチェの緑色も、結わずに下ろした髪も、クリストスの好みだ。

二週間前にクリストスとの結婚に同意して以来、ベッツィはとまどいの連続だった。今までとはまったく異なる世界に足を踏み入れてしまったからだ。だが、何よりつらかったのは、この二週間ほとんどクリストスに会えなかったことだ。彼はギリシアに戻り、その後ニューヨークに出張していた。一度だけ会えたが、ほかの人たちと一緒だった。結婚式の段取りについては、クリストスのスタッフ二人がてきぱきと整えていた。コリン・ミッチェルのプライドを傷つけないよう、彼女の意見も上手に取り入れながら。実際は、娘婿を心から畏敬《いけい》する両親は、裕福で地位の高い人たちを何百人も招待するのは自分たちの手に余ると感じていた。

クリストスの勧めに応じてベッツィは仕事を辞め、彼が用意したペントハウスに引っ越した。両親が一緒に泊まって荷物の整理を助けてくれた。

ベッツィが驚いたのは、クリストスのマスコミ対策の徹底ぶりだった。結婚式のことが世間にもれないよう気を配り、身辺警護を厳重にした。そして、このペントハウスにいればベッツィも家族も安全だと彼は言う。マスコミが自分に関心をいだくなど、ベッツィには信じられなかった。

「クリストスのお友だちってみんなお金持ちなんでしょう。うまくやっていける？」ジェンマが姿見に見入っている姉にふと尋ねた。

夢見るような表情を浮かべていたベッツィは、ゆっくりと鏡から視線を離した。「そうなればいいわね。お金があろうとなかろうと、同じ人間なんだし――」

「彼のお祖父《じい》さんはお嫁さんが急に変わって、快く思っていないわよ。お姉さんを家族に迎え入れようって気持ちが感じられないもの」

ベッツィはにわかに緊張を覚えた。「八十三歳なのよ。今日わたしと会うのを楽しみにしていると思うわ。あれこれ考えても仕方ないでしょう」

「ギリシアでの新婚生活が薔薇《ばら》色とは思えないわ。クリストスはしょっちゅう海外に出張しているみたいだし」ジェンマは姉がひそかにいだいている不安をいちいち言葉に出して指摘したいらしい。「あんなハンサムな人だもの、心配よね」

「どうして心配しなくちゃいけないの?」ベッツィは妹の攻撃を無視した。クリストスを悪く言われるのはたまらなくつらい。

「あのね……」妹は思わせぶりに笑った。「クリストスみたいな人の気を引こうとする女性はいっぱいいいるのよ。聖人でもない限り、すべての誘惑をはねのけるなんて不可能ね。それに、姉さんは妊娠しているし。そのうち見向きもされなくなるわ!」

そのとき母親が顔を出して花嫁付添人の車が到着したとジェンマに告げなかったら、ベッツィは金切り声をあげていただろう。

彼女はまだ平たいおなかを見下ろし、顔をしかめた。おなかが大きくなったら、クリストスは幻滅するかしら? でも、たとえそうであっても、彼は幻滅したとは認めないだろう。

電話が鳴り、ベッツィは受話器を取った。

「いやがらせを言われていたんじゃないか?」クリストスの甘い声が流れてきた。

「返事はお断りよ」そう言いながら、ラズベリー色に塗られたベッツィの口もとがひとりでにほころぶ。

「妹さんを花嫁付添人にするのはまずいと忠告しただろう」クリストスはやんわりと言った。「五分ほど一緒にいただけで、彼女がひどく嫉妬《しっと》していることがわかった。自分が注目されないのが耐えられないんだ」

「意地悪な言い方はやめて。妹はつらい時期をやっと乗り越えたばかりなのよ」ベッツィは諭した。

「そうそう、忘れないうちに言っておくけど」クリストスはさりげなく話題を変えた。「教会の外にはマスコミが大勢詰めかけているが、無視するんだよ。ドリアスが警備員を増やして――」

「なぜそんなに大騒ぎするのかしら？　あなたってそんなに重要人物なの？」ベッツィは眉を寄せた。

「いや。たぶん、僕の花嫁がとても美しいという噂《うわさ》を聞きつけたんだろう」クリストスはまじめくさって言った。

三十分後、鼻高々の父と共に車に乗りこんだときも、ベッツィはまだほほ笑んでいた。だが、クリストスに警告されていたにもかかわらず、教会の周囲でカメラを振りまわして叫ぶ人たちを目の当たりにしたときはぎょっとした。侵入を防ぐ柵《さく》が設けられ、警備員が肩を並べて立っている。

「やれやれ……そのうちテレビカメラまで出てくるんじゃないのか！」父親は呆然《ぼうぜん》として言い捨てた。

いっせいにフラッシュがたかれる中、ベッツィはうつむいたまま、教会の玄関ポーチに通じる小道を進んだ。いかついドリアスが体を張って守り、彼女が教会に入ると同時に重い木の扉を勢いよく閉めた。

静寂に包まれると同時に、気持ちが穏やかになっていく。愛する人と結婚するのよ。きっとすてきな一日になるわ。ベッツィは自分に言い聞かせた。

クリストスは祭壇の前に立っていた。ライトグレーの最高級のスーツを着た彼はあまりにすばらしく、ベッツィは胃がひっくり返ったように感じた。

式が始まった。クリストスは歯切れよく答えている。ベッツィは彼のミドルネームを発音できず、つかえて真っ赤になった。それを見てクリストスがほほ笑む。彼女はこのときまでクリストスのミドルネームを聞いたことがなかったのだ。指輪をはめる段になっても、彼は笑みを浮かべていた。

結婚証明書に署名したとき、ベッツィは小声できいた。「あの名前、なんて発音するの？」

「キサントス」

「練習しておくべきだったわ」

二人は通路を歩んでいった。教会の中は人でぎっしりと埋まっている。途中、クリストスがベッツィの背中に軽く腕をまわした。とてもすてきだと耳もとでささやかれ、ベッツィは顔を誇らしげに上げて目を輝かせた。

「さあ……ステファニデス家の一員となったからには、パパラッチの扱いも覚えてもらわないとね」クリストスは穏やかな口調で続けた。

「どうすればいいの？」

「無視するんだ。何を言われても聞かず、答えず、連中のほうを見ない。感情を顔に出すのもだめだ」

「つまり、つんとふんぞり返って、マスコミなんかくだらないって感じでいればいいのね」ベッツィは浮き浮きして応じた。幸せすぎて、まじめな気分になどなれなかった。

背にまわされた彼の腕に力がこもる。「マスコミは残酷なことも平気で言うから、気をつけたほうがいい」

二人が教会の石段に姿を見せたとたん、再びフラッシュがたかれ、シャッターを切る音が響いた。こっちを向いてという声が四方八方から降ってくる。いろいろな言語で、さまざまな質問が飛び交う。クリストスがリムジンのほうへとベッツィを促したとき、すぐそばで耳障りな声がはっきり聞こえた。

「ベッツィ……予定日はいつなんだい？」

ベッツィはひるんだが、歩みを止めなかった。

「クリストスと一緒に誘拐された甲斐《かい》があったわけだ！」卑しい笑い声が響く。

「何かコメントは？」別の大声が催促する。

「愛人のジョー・タイラーの子じゃないって確証はあるのか？」

ベッツィはショックのあまり蒼白《そうはく》になり、ついに立ち止まってしまった。クリストスは彼女から手を離し、最後に侮辱的な質問を浴びせた者に飛びかかった。ドリアスはベッツィを抱きかかえるようにして安全なリムジンに乗せ、殴り合いをしているクリストスのほうへ取って返した。ベッツィは両腕を震える体にまわし、顔をこわばらせて座っていた。

マスコミはクリストスの子を身ごもっていると知っていた。なぜ？　誘拐のことも、ジョーのことまでも。まるで人前で服をはぎ取られたような気分だ。

クリストスは軽い身ごなしでリムジンに乗りこみ、苦悩に満ちた花嫁の姿を見て肩をすくめた。「君の一日を台なしにしたくなかった」

「悪夢だわ……」ベッツィはつぶやいた。

クリストスは落ち着きを取り戻し、傷ついた指を曲げたり伸ばしたりした。「あの下品なコメントをしたやつを殴りつけてやったよ。少しは気が晴れるといいが」

気は晴れなかった。マスコミに反応するなと忠告していた当人がルールを破った。わたしが中傷されたせいで。クリストスにとって、わたしは厄介者なんだわ。彼が電撃結婚に踏み切った理由は世間に知れ渡ってしまった。ジョー・タイラーとのことまで取り沙汰《ざた》されている。人はわたしがふしだらな女だと思うに違いない。会って間もないクリストスとベッドを共にした女だと。

「誘拐のことをどうやって探りだしたのかしら？」

「情報の出どころはひとつではないだろう。おおやけにならないよう力を尽くしたんだが、事情を知る者が多すぎた」

誘拐事件をそこまで隠す必要があった理由を、ベッツィは知らなかった。それより、もっと個人的なことを人前で言われたのがこたえていた。「でも、妊娠しているって誰がしゃべったのかしら……ジョー・タイラーとデートしたことがあるということまで。職場の人たちは誰も知らないはずよ！」

「僕たちの結婚式をめちゃくちゃにしようとして情報を流したのは女性としか思えない。明日の新聞を見れば、誰の仕業かわかるだろう」クリストスは元気づけるようにベッツィを見た。「とにかく、今日は祝うべき日だから、不愉快なことは忘れよう」

「だけど、あなたのお友だちもご家族もみんな、わたしが妊娠しているってもう知ってるわ！」ベッツィは悲しそうに言った。

「僕たちは子宝に恵まれているってことさ……」クリストスはベッツィの嘆きを完全に無視し、広い肩をすくめた。「人はゴシップが好きだ。招待客はこの話題で大いに盛りあがるだろう。結婚式っていうのはたいてい退屈なものだからね」

「侮辱されるより退屈なほうが絶対にいいわ！」

「僕の子どもを宿していて、侮辱されるわけなどないだろう？」クリストスはベッツィを自分にもたれさせ、彼女のおなかに手をあてがった。

ドレスの生地を通して、彼のぬくもりが肌に伝わってくる。ベッツィは弁明した。「そんな意味で言ったんじゃないの」低く押し殺した声で言う。「ただ、あなたと出会ってすぐに関係を持ったとわかったら……みんなにはしたない女だって思われそうな気がして」

クリストスはベッツィを自分のほうに向かせ、カリスマ的な笑みを浮かべた。後悔のかけらも感じられないその笑みに、ベッツィは彼をひっぱたきたくなったが、同時に心臓が早鐘を打ちだすのを感じた。クリストスがそばにいるといつもこうだわ。

「初めてベッドを共にしたとき、君はバージンだったと主要紙に全面広告を出そうか。そうしたら気がすむかい？」

大まじめに尋ねるクリストスから身を引き離し、ベッツィはあきれ顔で彼を見つめた。

「冗談でしょう？」

金色に輝く瞳がじっと彼女を見返している。「君の初めての恋人だとわかり、僕は誇らしい気持ちなんだ……この事実を公表することに抵抗はまったくない。もし君が本当に屈辱だと感じているのなら――」

ベッツィは髪の生え際まで真っ赤になった。「そこまでは感じていないわ……そんなこと、ほかの人に言わないでね！」

クリストスはわかったというようにベッツィの手を包み、頭を反らして愉快そうに笑った。

ベッツィは彼にもたれかかり、悔しさと安堵《あんど》と尊敬の念をこめて見あげた。「からかったのね！」簡単に引っかかってしまったのが悔しい。

クリストスが背に腕をまわしてきたので、ベッツィは身をよじって体を押しつけ、彼の首に両腕をからませた。引きしまった筋肉を感じ、慣れ親しんだ香りを吸いこんでいるうちに、彼が欲しくてたまらなくなる。「ごめんなさい、つまらないことをあげつらって……あなたの言うとおりよね。せっかくの結婚式の日を台なしにしてしまってはいけないわ」

クリストスはベッツィの顎に指をかけて顔を上げさせ、官能的なキスで柔らかい唇を開かせた。

たちまちベッツィの全身が痛いほどにうずく。

「君が欲しくてたまらないよ」彼はせっぱ詰まった声でささやいた。

まもなく、二人は披露宴が行われるホテルに到着した。新婚のカップルが互いに腕を腰にまわしているのを見て、ドリアスのいかつい顔に一瞬笑みが浮かび、すぐにまじめくさった表情に戻った。

ベッツィはこんなに大勢の人に会ったことがなかった。次々に名前を聞かされ、言葉を交わしているうちに、めまいがしそうになってきた。だが、クリストスと並んで席に着いたとき、彼のいちばん近い親族であるパトラス・ステファニデスにまだ会っていないことに気づいた。

「お祖父さまは？　このテーブルはいやだっておっしゃったの？」ベッツィは緊張した声で尋ねた。

「祖父はここにいない」クリストスは硬い口調で言った。

ベッツィは頬を上気させた。「いないって……どうして？　ご病気なの？」

「出席しないことになった」

「どうして教えてくれなかったの？　あなたにとっていちばん身近な方なのに！　残念だわ――」

「出欠を決めるのは祖父の権利だから、その点は批判してもらいたくない」彼の瞳がベッツィを厳しくたしなめる。「欠席しても、祖父を尊敬する気持ちに変わりはない」

彼の心の傷に触れてしまったと悟り、ベッツィの顔から血の気が引いた。クリストスは祖父を非常に慕っている。人生の中で大きな意味を持つ結婚式に祖父が欠席を決めたことは、クリストスにとってつらいに違いない。だが、ベッツィは同時に、自分の難しい立場を思い知らされた。パトラス・ステファニデスは結婚式に欠席することで、孫が選んだ女性を認めないと表明したのだ。パトラスに孫の嫁として認められないのは、結婚生活の行方を暗示しているようで、ベッツィは心が沈んだ。

食事がすむと、クリストスはベッツィをダンスフロアへ誘いだした。それまでは招待客との応対で忙しく、二人きりで話す機会はなかった。「パトラスの件でいつまでもくよくよするな」ベッツィの心をみごとに読み取って慰める。「年をとると誰でも頑固になるからね。じきに機嫌を直してくれるさ」

「お祖父さまはペトリーナを気に入っていらっしゃったの?」ベッツィは思いきって尋ねた。

クリストスは自分を抑えるように、ゆっくりと息を吐いた。「そんな単純な話じゃないんだ。ギリシアでは婚約はとても重大な意味を持つ。ペトリーナと結婚すると言っておきながら、僕がそれを反故《ほご》にしたので、ローディアス家は激怒し、パトラスは僕のせいで自分の名誉を傷つけられたと感じている」

「お祖父さまはわたしが悪いと思っているのね」ベッツィはクリストスの上着に顔をうずめ、ため息をもらした。

「あの状況を乗り越えるのに楽な方法などなかったんだ」クリストスは考え深げにつぶやいた。「お互い物事を現実的に考えないと。人を傷つけたら必ずその代償を払わされる」

「でも、あなたに代償を払わせたくない……」婚約破棄についてどう思っているのか、クリストスがまだひと言も言ってくれないことに、ベッツィはショックを受けていた。

でも、まだペトリーナを思っているとクリストスが告白したところで、どうなるというの？　彼にとってわたしは一生ついてまわるお荷物なのよ。子どもの将来を思ってクリストスはわたしと結婚した。彼は夫として、父親として、精いっぱい努力するだろう。実際、クリストスはすでに夫らしくふるまい始めている。中傷の言葉を投げつけるマスコミからわたしを守ろうとしてくれた。お祖父さまが結婚式への出席を断ったことについても、わたしを気遣い、自分からは言いださなかった。

「一年後に振り返ったとき、この選択が正解だったと思ってもらえればうれしいわ」ベッツィは正直に言った。

「一年後には父親になっている……今も後悔していないし、これからもするつもりはない」クリストスの美しい口がゆがんだ。「ありもしない問題を探しだそうとするんじゃないよ」

もっともな忠告だったが、なかなか言われたとおりにできない。彼に愛されていたら、もっと心強く感じられるのに。クリストスはわたしのために約束を守り、ペトリーナとの婚約を破棄してくれた。その結果、祖父と疎遠になってしまった。代償を払ったのはクリストスばかりのような気がする。二人で赤ちゃんを授かったのに。クリストスを愛するベッツィにとって、彼を罰するような形で妻の座に座るのは耐えられなかった。

その日の夕方、もうすぐ出かけるとクリストスに言われ、ベッツィは着替え用に確保していたホテルの一室に向かった。ハネムーンはどこへ行くのだろうと思いながら、彼女はしゃれたペールブルーのツイードのスーツに着替えた。スカートの丈は短く、裾《すそ》にフリンジがついている。部屋を出て階段に向かいかけたとき、ローリーが近づいてきた。

「ちょっといいかな?」かつてのボーイフレンドは熱のこもった口調できいた。

「今日は話している時間がないの」そう答えたとき、メイドがワゴンを押してきたため、ベッツィは隅に寄って談話用の空間へと移動した。

「君が本当のことをしゃべっていたら、ジェンマは大騒ぎしただろうな」ローリーはため息をついた。「でも、僕が悪かったのかもしれない。ジェンマにも、君に対しても。ジェンマが結婚したいとたびたび言うようになって、よけい意地を張ってしまったんだ。これから償いをしようと思っている……」

ベッツィは彼の言葉をひと言ももらさずに聞き、満面の笑みを浮かべた。

「指輪を買ってきたんだ」

「ちゃんとお膳《ぜん》立てもするのよ……ソフィはママに任せて、ディナーに誘って」うれし涙があふれそうになり、ベッツィは声を詰まらせた。「ジェンマは何もかも完璧《かんぺき》にしたいの。あの子が指輪を受け取るのが当然だというような態度で渡しちゃだめよ」

「君にそういう態度をとってがつんとやられ、思い知ったよ」ローリーは穏やかに皮肉った。

ベッツィはローリーに腕をまわし、すすり泣きながら笑みを浮かべた。「ひとつだけ約束して……」

「なんだい？」ローリーはほほ笑み、ベッツィを抱きしめた。

「以前わたしのことを思っていたより、はるかにジェンマを大切に思っているって言ってあげてね」ベッツィは指で目をぬぐい、ローリーから身を離した。「もう階下《した》に戻るわ……」

ローリーをすぐ後ろに従えて角を曲がった瞬間、クリストスと鉢合わせをした。三人は立ち止まり、気まずい沈黙が流れた。

クリストスは礼儀正しくローリーに会釈し、猫撫《な》で声で花嫁に言った。「準備はいいかい？」

二人はすみやかに出発した。車に乗りこんで間もなく、ベッツィはあくびを嚙《か》み殺した。信じられないほど疲れていた。「疲れたわ」詫《わ》びるような口調で言う。

「それなら寝たらいい……」クリストスは当然と言わんばかりに応じた。

「これからどこへ行くの？」

「今夜は僕の別荘に泊まり、明日ギリシアへ行く」

「すてきな結婚式だったわね」ベッツィは眠たげな声で言った。

「そうかい？」

クリストスの口調にベッツィは引っかかるものを感じた。「またからかってるの？」

「ああ……ユーモアのセンスが辛辣《しんらつ》でごめん」クリストスはリムジンの隅にもたれてベッツィを抱き寄せ、楽な姿勢をとらせた。ベッツィは足で蹴《け》って靴を脱ぎ、安堵のため息をもらした。そして彼に寄りかかり、まもなく眠りに落ちた。


目が覚めたとき、ベッツィは美しい寝室にいた。アンティークの家具に囲まれ、趣味のいいランプがともっている。ベッツィは腕時計を見てうめいた。あと一時間余りで日付が変わってしまう。記念すべき結婚初夜だというのに。花嫁がこんなに長く寝ていて、クリストスはあきれているに違いないわ！　ドレッサーの鏡をのぞいたベッツィは、あまりにひどい姿に愕然《がくぜん》とした。スーツケース類はドアの内側に置いてあった。

 大急ぎでシャワーを浴び、薄化粧をしたベッツィは、体にぴったりした濃紺のシルクのナイトドレスを着て、階段を下りていった。

クリストスは書斎にいた。上着を脱いでネクタイを外し、白いシルクのシャツの襟もとをはだけた格好で、ブランデーのゴブレットを手に暖炉の火を見つめている。

ベッツィはブロンズ色の古典的な横顔に目を奪われ、敷居のところでもじもじしていた。

「クリストス……」

彼は背筋を伸ばして目を上げ、いぶかしげに尋ねた。「なんだい？」

彼の返事はベッツィが期待していた言葉とは違っていた。「結婚式の夜でしょう……」

「なんと……誘いに来たというわけか？」クリストスは驚きもあらわに言い、ベッツィのかすかに開いた唇から胸のふくらみへと視線を移した。

「そうなるかしら……」ベッツィは落ち着こうとして、素早く息を吸いこんだ。ひどく自分を意識してしまう。クリストスの視線を浴び、体はすでに熱く反応していた。薔薇色の胸の頂はレースの下着の下でうずき、鼓動はどんどん速くなっている。濃厚な空気が二人を包んでいた。

「ベッドの相手をするのが義務というわけか？」クリストスはハンサムな顔にあざけりの色を浮かべ、漆黒の眉を片方だけ上げてみせた。

ベッツィは口をぽかんと開けた。「な……なんてことを言うの？」

「結婚したから体を提供するというのなら、その必要はない」クリストスはブランデーを飲み干し、空のグラスを乱暴に置いた。「僕はそこまで必死に君を求めてはいない」

ベッツィは信じられない思いで彼を見つめ返した。「酔ってるの？　だからそんな言い方をするの？」

「さっき君はローリーにもたれて泣いていた。親しそうに抱き合って。僕としてはかなり興をそがれる光景だった」

クリストスが誤解していると知り、ベッツィはいくらか救われた思いがした。「悲しくて泣いていたんじゃないのよ――」

彼は険しいまなざしをベッツィに注いだ。「君は――」

「あなたが思っているようなこととは違うの。悲しかったら大泣きするわ。このごろ、ちょっとでも感動すると、すぐに涙が出てきて。ホルモンのせいだとお医者さんは言うんだけど」ベッツィは必死に説明を続けた。「ローリーはね、これからジェンマに結婚を申しこむつもりだって――」

クリストスは耳障りな笑い声をあげた。「それで二人で暗い隅に引っこんで抱き合っていたというわけか？　まさかうれし泣きをしていたなどと言いだすんじゃないだろうな！」

「なぜもっと早く話してくれなかったの？　今までごく普通にふるまっていて」

「理由をいくつ挙げればいい？」クリストスは冷ややかに言った。「五百人の招待客がいたから。君は僕の子を身ごもっていて、ストレスを与えるべきではなかったから。それとも、ローリーを愛していると君がモス島で言ったことを挙げようか？　今ごろになって、そんなことで君を罰するのはフェアじゃないけれど」

聞いているうちにベッツィは動揺し始め、彼が最後の言葉を言い終えたときには、この場から逃げだしたい気持ちになっていた。なんて愚かだったのだろう。プライドを保つために発した言葉が、今になって自分に返ってきた。もう、できる限り正直に自分の気持ちを説明するしかない。

「ローリーを愛していたってことだけど」ベッツィは頬を赤らめ、ほんの一瞬クリストスと目を合わせた。「あれはまったくのつくり話。あなたに夢中だって悟られたくなくて、嘘《うそ》をついてしまったのよ」

「まったくのつくり話だって……」クリストスはベッツィの赤い顔を見すえ、重々しく繰り返した。

「ええ……変に聞こえるかもしれないけれど、でも、あなたは男性でしょう……あのときは嘘をつくのがよさそうに思えたの」

「信じられないね」クリストスはあっさり否定した。

ベッツィはひるみ、眉をひそめた。事実をすべて明かしていないのは自分でもわかっている。でも、あのときは、まだローリーを愛していると思いこんでいた。「わかったわ……本当のことを言うわ」

「今しがたの話は嘘というわけか？」危険なほど静かな声でクリストスは問いただした。

「ほんの少しごまかしたところがあるの」なんてまずい言い方だろう、とベッツィははっきり自覚していた。「ローリーと別れても、かなり長い間彼のことがとても好きだった。ほかの誰ともつき合っていなかったから」

沈黙が垂れこめる。

「言いたいことはそれだけか?」

ベッツィはうなずき、クリストスの気持ちを読み取ろうと、必死に彼の顔を見つめた。ほかの男性に心を奪われているなどと思いこまれたら、結婚生活が成り立たなくなってしまう。

「第三弾もあるのかと思った」クリストスは片方の眉を上げてみせた。「違うか?」

「違うわ」ベッツィは唇を噛みしめた。いたずらを見つかった子どものような気分だ。

「だったら、なぜ僕を捜して下りてきた?」

ベッツィの顔が真っ赤になった。

「からかっただけさ……」だが、黒い瞳に金色の光はなく、彫刻のような美しい口には笑みが浮かんでいない。とんでもない嘘をつく女性と結婚したとわかり、クリストスはほほ笑むような気分ではなかった。

「信じてくれるわね? ローリーのことだけど。どうしても信じてほしいの……あなたとの結婚生活をうまくやっていきたいのよ」

鋭い目が陰りを帯びた。「信じよう」

そのときになって、ベッツィは自分のしていることの意味に気づいた。二階に上がって愛してくれとクリストスにせがんでいるも同然だわ! ベッツィは恥ずかしくなり、ドアのほうへ向かった。「じゃあ、おやすみなさい」彼女はやや硬い口調で言った。

階段をのぼりながら、ベッツィは思いを巡らしていた。島ではしょっちゅうわたしに触れていたのに。同じ人とは思えない。どうしてこんなに無関心になってしまったのだろう？　妊娠して魅力が薄れたのかしら？　おなかはまだ大きくないけれど、彼はもうわたしを妊婦として見ているのかもしれない。それとも、妊娠中のセックスはよくないと思いこんでいるのかしら？　そんな古くさい迷信を信じているのかもしれない。

クリストスが寝室にやってくるとはとうてい思えず、ベッツィはナイトドレスを脱ぎ、ベッドに入った。明かりを消そうとランプに手を伸ばしたとき、彼が入ってきた。ベッツィを見やり、ドアを足で閉め、その場で服を脱ぎ始める。ベッツィの手から力が抜けた。

「シャワーを浴びたい……五分待ってくれ」

ベッツィは彼が服を脱ぐさまを横目で見て、どぎまぎした。シャワーの音を聞きながら、さっきの彼の態度はなんだったのだろう、と彼女はいぶかった。クリストス・ステファニデスという人は理解しがたい。分厚い石の壁のような仮面の下に隠されているものに、いつかは触れられるようになるのかしら？

クリストスが寝室に戻ってきたとき、筋肉質の胸にはまだ水のしずくがきらめいていた。

「起きて待っていてくれたんだね……」

その瞬間、部屋の空気に電気が走り、ベッツィの胃がはばたいた。金色に輝く瞳と目が合い、息苦しくなる。「別の部屋で寝るのかと思っていたわ」ベッツィはほっとして言った。

「寝ることなど考えちゃいないよ」クリストスは低く笑い、上掛けをめくってベッツィの隣に身を横たえた。

最初のキスでベッツィは体の力が抜け、とろけてしまった。

クリストスの唇が繊細な喉を伝い下りていく。苦しいまでに感じてしまう場所があり、ベッツィは夢中で彼の背に手を這《は》わせた。極度に感じやすくなっているピンク色のつぼみを吸われ、もてあそばれる。彼女は興奮のあまり彼にしがみつき、声をあげた。

「恥ずかしがっていないで、僕を喜ばせてくれることも覚えてくれ……」クリストスはベッツィの手を硬く熱い高まりへと導いた。

なんともエロティックな行為に、ベッツィは身を震わせた。ブロンズ色の肌の香りが媚《び》薬《やく》効果をもたらしている。自分の愛撫《あいぶ》にクリストスが反応してくれるのがうれしく、彼を喜ばせることに熱中した。

クリストスは金褐色の髪に長い指をからませ、ベッツィの体を引きあげた。「覚えが早いな……」かすれ声で言い、赤くなった彼女の唇に激しく長いキスをした。「君と離れている期間が長すぎて、島での行為が夢に出てきてしまった……」

巧みな彼の指が熱く潤った部分を探り当てると、ベッツィは思わず身をよじり、腰を浮かせた。つい全身に力が入ってしまう。ほろ苦い強烈な快感に支配され、うめき声がもれた。「クリストス……」

くすぶった彼の瞳が、情熱に輝く緑色の瞳をとらえた。クリストスはしなやかな身のこなしでベッツィに覆いかぶさった。その力強いリズムに、彼の激しい欲求に酔いしれる。耐えがたいほどの快感がさらにつのり、ついに絶頂が訪れた。喜びと愛と感謝の気持ちに満たされ、ベッツィはクリストスを抱きしめた。そして、高い頬に、褐色のなめらかな肩に、口の届く範囲すべてに小さなキスの雨を降らせた。

「満ち足りただろう……」クリストスは片手で頬づえをつき、眠そうな目でベッツィを見やった。それから仰向けになり、ベッツィを抱えあげ、熱く汗ばんだ我が身に強く押しつけた。僕のものだと言わんばかりのそのしぐさに、ベッツィは心臓がひっくり返りそうになった。

「比べる人がいないのよ。でも、本当にすてき」言っているうちに恥ずかしくなり、最後のほうはクリストスが額を寄せなければ聞き取れないほど小さな声になっていた。

「君がベッドの中で僕をほかの男と比較することは一生ないよ。不満かい？」

ベッツィは、クリストスとここまで親密になれたことがうれしくてたまらなかった。ローリーとのことを隠していると思われていたけれど、なんとか誤解を解けたようだ。誤解はいとも簡単に生じる、とベッツィは身をもって知った。体面を保つために誤解を招くようなことをしてはならない。

「いいえ……そんなわけないでしょう?」ベッツィは優しく言い返した。「あなたに夢中になってしまってもおかしくないもの」

クリストスは精悍《せいかん》な顔をこわばらせ、ベッツィを見つめた。「セックスは愛とは違う。十代のころに悟ったんだ。僕の交際相手がベッドに彼女の親友を連れてきたときにね」

ベッツィはショックを受けた。「まあ、なんてことを……でも、どうして?」

「自分ひとりでは僕が退屈すると思い、僕を驚かそうとしたんだ」

「ひどい人ね」

「でも、自分に正直だった」クリストスは氷のように冷たい口調で言った。「彼女は僕を愛しているふりなどしなかった。言っておくが、僕は君に愛など求めていない」

クリストスが寝入ってからも、ベッツィはカーテンの隙間《すきま》から差しこむ月光が天井で躍っているさまをずっと見つめていた。むなしい思いでいっぱいだった。クリストスに真の愛情を告白することは許されない。結婚したというのに、彼は心の絆《きずな》を結ぶことをはっきりと拒絶した。それも、ぞっとするほど冷たい言い方で。クリストスはもう、わたしの気持ちに気づいているのかしら?

初めてベッドを共にしてからの、島での自分を思い出してみなさいよ! もうひとりの自分が言う。彼に気に入られようと懸命だった。クリストスは、そんなわたしの気持ちが鬱陶《うっとう》しかったのかしら。

翌朝目覚めたとき、クリストスの姿はなかった。その代わり、隣の枕《まくら》に一輪の白い薔薇と宝石箱が置いてある。ベッツィはカーテンを開け、箱を開けた。非の打ちどころのないクリーム色の真珠のネックレスが朝日に輝いている。しかも、デージーをかたどったダイヤモンドのペンダントまでついていた。

「すてき……」ベッツィはそれを身に着け、鏡に映してみた。

それから大急ぎでバスルームにあるタオル地のローブを着こみ、夫を捜しに行った。早くお礼を言いたい一心だった。たとえ千年生きていても、男性の気持ちはわからないと思う。愛など求めていないと言っていたくせに、薔薇とすてきなネックレスで新婚生活初日を迎えさせてくれるのだから。

優雅な敷石の玄関ホールにはアンティークの絨毯《じゅうたん》が敷かれ、はだしで歩いても足音がしない。クリストスが母国語で話す声が、書斎の隣の部屋から聞こえてくる。ドアが少し開いていて、彼が電話をかけているのが見えた。そのとたん、ベッツィは顔をほころばせた。クリストスは受話器を持って生まれてきたのかしら？

「ペトリーナ……」彼は低くせっぱ詰まった声でその名を発した。

ベッツィは凍りついた。全身の肌がこわばってしまったように感じる。そのあとの言葉に懸命に耳を傾けるが、ギリシア語なので何もわからない。クリストスが心配し、相手の女性を慰めようとしている様子だけは感じられる。自分のことしか考えていなかったことに気づき、ベッツィはショックを受けた。

クリストスの婚約破棄について、なぜかじっくり考えようとしなかった。ペトリーナ・ローディアスのことも考えたくなかった。

なぜ？　激しく嫉妬《しっと》していたからだ。クリストスが彼女を大切に思っていると信じたくなかった。あのゴージャスなギリシア人の金髪女性に彼が心を砕いているという事実を知った今、愛を求めていないと言われた理由がわかった。わたしの気持ちに絶対に応《こた》えられないことを、クリストスは知っていたのだ……。

8

　黄色地に小花模様をあしらった、優雅な袖《そで》なしのミニドレスに着替え、ベッツィは朝食をとるために一階へ下りた。

「ネックレス、どうもありがとう……」ダイニングテーブルに着くなり、ぎこちなく言う。給仕をしようとして現れた使用人に、ベッツィは自分でやるからとうなずいてみせた。

　使用人が去ったあとで、不意にクリストスが忠告した。「今日の新聞は読まないほうがいいと思う」

「どうして？」

「僕は慣れているから、新聞に何を書かれても気にならない」クリストスは心配そうにベッツィの繊細な顔を見つめた。「でも、君はタブロイド紙がどんなふうに書きたてるか知らない。あんな記事で傷ついてほしくないんだ」

　ベッツィは顎をつんと上げ、立ちかけた。「新聞はどこにあるの？」

「ベッツィ――」

「わたしたちのことを書かれているのに、読んではだめだなんて言わないで！　わたしは子どもじゃないわ！」

「わかった……だが、誘拐事件については先に僕から説明しておこう」クリストスは厳しい表情で打ち明けた。「実は僕の一族の者がからんでいた」

「冗談でしょう……あなたの親戚《しんせき》が？」

クリストスは、スパイロス・ソロッタスとジョー・タイラーの乗ったヘリコプターが墜落したことを語った。「僕の予定を知っていたスパイロスは、僕を誘拐して祖父から金を搾り取ろうとした。僕が君に関心を持っていることを利用しようと思いついたんだろう」

「わたしがあなたを迎えに行くよう手配した人だったわね」ベッツィは思い出した。

「君に会えば、僕はボディガードの忠告を聞かずに無防備な状態をさらけだし、誘拐しやすくなると踏んでいたんだ」

「誘拐犯があなたの親戚だったなんて……」言葉が続かず、ベッツィはゆっくりと首を振った。だが、心の中では激しい感情が生じつつあった。「新聞に書かれたから、あなたはこの話を今になってしてくれた……そうでしょう？　スパイロスという人の仕業だとわかったのはいつだったの？」

「島を脱出し、パトラスに最初の電話を入れたときだ」

「何も教えてくれなかったのね。一週間近くも一緒に暮らしていたのに。恐怖を分かち合い、力を合わせてがんばってきたのに……ベッドまで分かち合っていたのに、犯人の正体をわたしが知る権利はないと思っていたの?」声の震えが、ベッツィの傷ついた心と怒りの大きさを物語っていた。

「内輪の事情だったからだ」クリストスは慎重に反論した。「スパイロスが死に、祖父はこれ以上の苦しみに耐えられなかった。事件をおおやけにし、スパイロスの妻子に恥ずかしい思いをさせたくもなかった。僕も同感だった」

彼の言葉はベッツィの耳にほとんど入ってこなかった。「ペトリーナも誘拐事件について何も聞かされていなかったの?」

「いや」

ベッツィの口から苦笑がもれた。「つまりそういうことなのね」

「どういう意味だ?」クリストスはいらだち、背筋を伸ばした。

「一緒に誘拐されても、わたしはあなたにとって価値のない人間だった。お楽しみのための娼婦《しょうふ》にすぎなかったってことよ!」

「そんなふうに君を思ったことはない……」

「あなたの行動を見れば明白だわ! 親戚が仕組んだ事件なのに、あなたはわたしを犯人の仲間だと非難した。でも、そのことを謝りさえしなかった!」

「もうすんだ話だと思っていた」

の？」

ベッツィは席を立ち、怒りに満ちた緑色の瞳でクリストスを見すえた。「新聞はどこな

「書斎だ」彼は顔をこわばらせて答えた。「不愉快な感情から君を守るのが僕の務めだと思っている。だから、謝るつもりはない」

ベッツィは書斎の椅子に腰を下ろし、新聞を手に取った。自分だけでなく、家族全員のことまで詳細に書かれていた。両親の近所の人は、匿名をいいことに母について辛辣《しんらつ》なコメントを寄せていた。活字になれば、友人や親戚の目にも触れてしまう。母の心中を察し、ベッツィは涙ぐんだ。ジェンマが未婚の母であることも、これ見よがしに書かれていた。

ベッツィ自身に関しては、裕福な男性と出会って結婚したいがために運転手という職に就いたとあり、島での出来事についてはみだらな憶測がなされていた。ここまで屈辱を覚えたのは生まれて初めてだった。

だが、次のページには、さらに大きなショックが待ち受けていた。クリストスの華々しい女性遍歴が見開きで書かれていたのだ。

「そういうくだらないものは見てほしくない」クリストスが背後で歯ぎしりをした。

「そうでしょうね……」ベッツィは吐き気を催しつつ、教会前での乱闘の写真を見つめた。

〝クリストスがかっとなるのは珍しく、妊婦と結婚した日の彼の心情をみごとに物語っている〟と記者は断言していた。続いて、〝彼は信義を重んじるあまり罠《わな》にはまった〟との

ペトリーナ・ローディアスのコメントを紹介していた。

「ペトリーナはあなたに同情して電話をかけてきたの?」ベッツィは苦しみと屈辱に声をわななかせた。

クリストスの顎に険しいしわが刻まれる。「ばかなことを言うな」

「けさあなたが彼女と電話で話しているのが聞こえたわ!」

「今日はペトリーナと話していない――」

「あなたが彼女の名前を口にするのをはっきり聞いたわ!」ベッツィはもはや半泣き状態だった。

眉を寄せていたクリストスは、やがてはっとした表情になった。「食事の前に、スパイロスの長女と話していたんだ。彼女の名はペトリーヌ。ペトリーナとペトリーヌ。聞き違えたんじゃないのか?」

ベッツィは赤くなった。耳にしただけでは二人の名前はほとんど区別がつかない。自分が愚かに思えると同時に、誤解していたと知って彼女は心底ほっとした。「そうね、聞き間違えたんだわ。ごめんなさい」つい明るい声になる。

「スパイロスの家族はこの報道で初めて事情を知り、びっくりして僕たちに謝罪の電話をよこしたんだ」

「ご家族にはなんの罪もないと言ってくれたんでしょうね」

「もちろんだ。気遣ってくれてありがとう。何か食べたら？」

「おなかはすいてないの」ベッツィはさっさと外してしまったネックレスを手に取った。

「ママとジェンマに電話を――」

「あとでだ……」クリストスは真珠のネックレスを取りあげ、ベッツィに後ろを向かせ、器用な手つきで留めた。「もうすぐ空港に行く――」

「でも、あんなひどいことを書かれたのはわたしのせいだし――」

クリストスはベッツィを見つめ、口に指をあてがって黙らせた。「君は後ろ指をさされるようなことは何もしていない。僕の言うことを聞いて、さっさと忘れてしまうんだ」

クリストスに命じられ、ベッツィは軽く食事をとった。

空港へ向かう車中で、ベッツィはクリストスの言葉を思い返していた。「ペトリーナ・ローディアスと今日は話していないって言ったでしょう。どういうことなの？」出し抜けにきく。

クリストスが厳しい表情を浮かべたのを見て、ベッツィの顔が青ざめた。

「最後に彼女と話したのはいつ？」

「きのうだ。結婚式の前に電話をしてきた」クリストスは事もなげに認めた。

耐えがたいほどに張りつめた沈黙が垂れこめた。

「こんなことをきく権利がないのはわかっているけれど、彼女がなんて言ったのか教えてくれるまで、わたし、あなたに食い下がってしまうと思うの」ベッツィは正直に白状した。ハンサムな顔がこわばった。「君と結婚しないでくれと言った。これで終わりにしてくれるかい？」

ベッツィは窓の外を眺めた。しかし、薄い色のついた反射ガラスの向こうに見える風景など目に入らなかった。結婚式の当日、ペトリーナはすべて許すから考え直してと言ったのだ。当然だと思う。クリストスと婚約していたのだから。妊娠しなかったら、クリストスはわたしと結婚しなかった。〝彼は信義を重んじるあまり罠にはまった〟という彼女の見方は一方的だと思う。でも、クリストス自身もひそかにそう感じているのかしら？

クリストスはベッツィの手を取った。「君はもう僕の妻なんだ。過去をくよくよ考えるのはやめたまえ」

「無理よ……あなたの婚約者だった人に申し訳ないし、自分まで哀れに思えて」

「スパイロスが誘拐犯だったことや、君が妊娠していることをマスコミに暴露したのは、ペトリーナだと思う。この二つを知っているのは彼女しかいないはずだ」

ベッツィは気持ちが軽くなってきた。ペトリーナ・ローディアスはわざとわたしたちの結婚式を台なしにしようとしたのかしら？　そこまで計算された悪意に接したことのないベッツィは、恐ろしさに身震いしそうになった。だが、よくよく考えてみれば、クリストスはわたしを好きになったから婚約を破棄するとペトリーナに告げたわけではない。あからさまな事実のみを告げたのだ。わたしが彼の子を身ごもってしまったから結婚せざるをえない、と。嘘《うそ》をついてくれたらよかったのに、とベッツィは思った。

「これからずっと二人で生きていくんだよ」クリストスはベッツィの張りつめた表情を見すえ、ゆったりと言った。「それに、子どもも生まれてくる」

ベッツィは彼に指をからませた。「赤ちゃんが生まれるのが本当に待ち遠しい？」

クリストスの口もとにカリスマ的な笑みが宿った。あまりに魅力的で、ベッツィは口の中がからからになり、鼓動が速くなった。

「もちろんさ。男の子でも女の子でもいい」

ベッツィの不安が吹き飛んだ。今まで赤ちゃんのことなど考える余裕もなかった。最初は妊娠したのではないかと心配で、妊娠したとわかると不安が押し寄せてきた。クリストスがわたしを愛してもいないのに結婚すると言いだしてからは、喜んではいけないと思いこんでいた。それが今になって、ようやく我が子を思うゆとりができた。男の子でも、女の子でも、どちらでもうれしい。それに、手に入れそびれた仕事のことをくよくよ思うよりも、クリストスと一緒に手に入れたものに感謝すべきよ。ベッツィはしっかりと自分に言い聞かせた。

ステファニデス家の専用機がアテネに着陸して間もなく、クリストスは電話を二、三本受けた。重要な用件らしい。

彼は深刻な表情を浮かべてリムジンに乗りこみ、陰りを帯びた瞳で隣のベッツィを見つめた。「これから僕の家に行く。家の中をざっと案内したら、僕はすぐオフィスに出向かなければならない」

見知らぬ国の見知らぬ家に着いたばかりで、ひとりきりにさせられるとは。ベッツィは唖然《あぜん》としたが、深く息を吸いこみ、わたしは意気地なしではないと自分に言い聞かせた。

「ええ、かまわないわ」

クリストスの知的な瞳から警戒の色が消え、尊敬の念が浮かびあがった。「もうわかってると思うが、今はハネムーンに行く時間的ゆとりがないんだ」

「ハネムーンに行くなんて、あなたは今までひと言も言わなかったわ」ベッツィは失望を必死で隠し、つくり笑いを浮かべた。仕事に戻る前に、少なくとも数日は一緒にいてくれるだろうなどと考えたわたしが甘かったのよ。結婚する前から、クリストスはかなりの残業をしていたのだから。

「仕事がひと息ついたら、どこか特別なところへ連れていってあげよう。約束するよ。新婚カップルらしいことを全部しよう」クリストスはまだ鷹《たか》のような目でベッツィを見つめていた。「こんな話をしても、君は少しも取り乱さない。百万ドルの価値がある女性だ」

「そうね……」ベッツィの緑色の瞳がいたずらっぽく輝いた。「反撃するより、罪の意識を感じているほうが聖人らしく見えるものね」

クリストスは一瞬言葉を失ったあと、心の底からうれしそうに笑い、がっしりした腕の中にベッツィを抱き寄せた。今ならアマゾンのジャングルにひとりで出かけても怖くないとベッツィは感じ、愛情をこめて彼に寄り添った。ペトリーナとだったら、彼はハネムーンの時間をひねりだしたでしょうね。心の中のかすかなささやきにベッツィは驚き、燃えあがる前に嫉妬《しっと》の火を消し止めた。

海に面したクリストスの屋敷を見て、ベッツィは息をのんだ。すばらしい家に違いないと想像はしていたものの、まさか歴史的建造物で、敷地内には鬱蒼《うっそう》と樹木が生い茂り、プライベート・ビーチまであるとは思いもよらなかった。しかも、二十数人の使用人がずらりと並んで出迎えている。クリストスはりんごのような頬をした中年女性オンファーレにベッツィを紹介した。うれしそうな笑みを浮かべているその女性は、クリストスの乳母だったという。

「わたしが妊娠しているってオンファーレに言ったの？」足音のこだまする、明るく広々とした玄関ホールを横切りながら、ベッツィは小声できいた。

クリストスは答えない。返事のしようがないのだろう。二人の結婚について、イギリスの新聞はさんざん書きたてた。妊娠していることがギリシアに伝わっていないわけがない。

「いいの……わたしだってばかじゃないわ――」

「どのみち、この家の者には知っておいてほしかった」不意にクリストスが口を開いた。

「でないと、君の面倒をきちんと見られないだろう？　ここで産科医と契約しなければいけないし。どの医者がいいか、あとで親戚にきいてみよう。それから、君はギリシア語を勉強したほうがいいと思う」

「あなたがそうやって命令するのって好きよ……なんだか、昔の劇に主演しているみたい。いばった男が小柄でおしゃべりな女に命令して」ベッツィは軍隊式に敬礼までしてみせた。

クリストスは彼女をぎゅっと抱きしめ、激しくキスをした。やがて長い指を広げて愛らしい顔を包み、残念そうに身を離した。携帯電話がまた鳴っている。

「屋敷を案内してくれなくていいわ……」ベッツィは頬を染め、かすかに顔を寄せてクリストスの目を見つめた。「でも……寝室だけは見せてくれるわね」思いきって誘惑してみる。

クリストスはうめき声をあげた。「無理だ……誘惑しないでくれ」

電話に出たクリストスはベッツィから数歩離れ、低くせっぱ詰まった口調で話していた。そして振り返りざま言った。

「行かなければ」

「会社で何か問題が起こったの？」クリストスの気持ちがすでに遠く離れてしまったのを察し、ベッツィは失望を表に出さないよう必死に努めた。

クリストスは驚いたようにベッツィを見つめ、笑いながら首を振った。「いや、そうじやないんだ」

「じゃあ、今夜ね……」

「遅くなるかもしれない……」

「もう一度キスして」言葉が自然と口をついて出た。

　妻の要求にクリストスは素直に応じた。「とても遅くなるかもしれない」しがみついている彼女にささやく声はややかすれていた。

「もう一度……」

「離れるのがよけいにつらくなる。とてもきれいだよ」

「寝ないで待ってるわ」ベッツィは、ゆっくりと門のほうへ向かうクリストスに声をかけた。

　二人とも相手のことしか眼中になかったため、門のそばで二人を見ている銀髪の老人には気づかなかった。クリストスは老人とぶつかり、びっくりして振り返った。

　ベッツィはその場に凍りついた。長身で彫りの深い顔立ちの老人を見た瞬間、クリストスは美しい容貌《ようぼう》をその老人から受け継いでいると直感した。それほど二人は似ていた。

「ベッツィ……祖父を紹介しよう。パトラス・ステファニデスだ」クリストスは誇りと愛情のこもった声で言った。

　パトラスはベッツィに歩み寄り、歓迎するように両手を差しだした。「偏見に凝り固まった愚かな老人を許してくれるかね？」

「もちろんです」ベッツィはかすかに笑みを浮かべ、彼の両手を握りしめた。老人はベッツィの両頰に慎重にキスをした。「でも、代償は払っていただかないと。結婚式の映像を最初から最後までちゃんと見てくださいね」

重々しい表情を浮かべていた老人の顔に、うれしそうな笑みが宿った。「罰を受けるのが楽しみだ」彼はそわそわしている孫のほうをちらりと見た。「遅れるぞ、クリストス。忙しいんだろう――」

「ああ」クリストスはベッツィを見やった。「でも――」

「会って三十秒もたたないうちにわしをからかえるような女性だ」パトラスは感心して言った。「心配するな。わしがちゃんと面倒を見るから。そのための家族だろう。うれしいときもつらいときも分かち合わねばならん。この二週間、わしはいちばん肝心なことを忘れておった」

ベッツィはすでにパトラスを好きになりかけていた。自分の意見を率直に言う人と一緒にいるとほっとする。クリストスは微妙というか、洗練されすぎていて、何を考えているのか読み取りにくい。だが、彼の祖父は、結婚式に欠席したのを後悔しているとあっさり認め、孫夫婦との間に生じた溝を埋めようとしている。パトラスとうまくやっていきたい、とベッツィは強く思った。クリストスは祖父との溝を、わたしよりはるかに気にしていたから、パトラスが気持ちを切り替えてくれて本当によかったわ。

「お茶かコーヒーをお出ししたいんですけど、どこにお連れしたらいいかしら?」ベッツィはパトラスに悲しそうな笑みを見せた。「クリストスはここを案内してくれる暇がなかったんです」

「わしでよければ、あとで案内しよう。わしもクリストスもここで生まれたのだよ」パトラスは微風の通る涼しい回廊にベッツィを連れていった。「今の時間帯はここがいちばんいい」

屋敷についてベッツィから質問されたパトラスは、出された飲み物をときおり口にしつつ、何世代にもわたって受け継がれてきたものだと説明した。彼にはクラシックカーのコレクションがあり、二人は彼の自宅で昼食を共にすることになった。

パトラスは別れを告げる直前、ベッツィをまじまじと見た。「あなたをひと目見て、孫が惹《ひ》かれたわけがわかった。あなたはあいつにとってトロイのヘレンだ」

ベッツィは一瞬言葉を失い、それから声をあげて笑った。「誰もわたしのことで戦争を起こさないでほしいわ!」

「クリストスを見くびってはいかん」パトラスは物思いに沈んだ面持ちで言った。「だが、あなたがあいつを愛しているのがわかってうれしい。そうあるべきなのだな」

パトラスは真っ赤になってどぎまぎしているベッツィを愉快そうに眺めた。

「あいつを見るときのあなたのまなざしを見て……今までの心配が吹き飛んだよ」

三週間後。

ベッツィは薄暗い玄関ホールの前の石段に腰を下ろし、クリストスの帰りを待っていた。夜中の二時だった。

「帰宅って言えるような時間？」ベッツィはわざと不満そうにきいた。

石段のいちばん上の段に座っている妻の姿を見たとたん、クリストスの顔から疲れた表情が消え失《う》せ、口もとに優しさが浮かんだ。「ベッドで休んでいるべき時間だよ、ミセス・ステファニデス」

簡素な白いローブ姿のベッツィは階段を下りていった。「ずっとベッドから出ているつもりはないわ」誘惑するような表情を浮かべようとして、頬が赤く染まる。

クリストスはにやりとした。「赤ん坊にだ……」彼は持っていた包みをベッツィにほうり投げた。

包みを開けたベッツィは、色鮮やかなおもちゃを見て、遠くを見つめるような表情を浮かべた。幼い男の子が太鼓をたたく姿が目に浮かぶ。最近はこれが儀式のようになっていた。クリストスは一日おきに何かしら子どものものを買ってくる。太鼓、モービル、ひと部屋必要なほど大がかりな汽車遊びのセット、かわいい犬のぬいぐるみ、そしてクリストスが幼いころ読んでいたような、厚紙製の小さな絵本。

「おなかはすいてない？」ベッツィはきいた。

「ああ……」クリストスはがっしりした腕を妻の華奢《きゃしゃ》な肩にまわし、石段をのぼり始めた。

クリストスはわたしの前ではずっと強い男性を演じつづけるつもりだろうか、とベッツィはいぶかった。彼は決して仕事のつらさを口にしない。妊娠しているからというだけで、わたしをあらゆるストレスから守らなければいけないと思いこんでいるのかしら？　それとも、ギリシア人の男性はみんなそうなの？　水晶玉を見なくても、ステファニデス帝国が苦しい時期を迎えているのはわかる。だが、ベッツィがいくら遠まわしに仕事のことをきいても、クリストスは問題があることすら否定する。

彼は毎日十八時間も働いていた。夜半過ぎに帰宅し、その数時間後には、また過酷なスケジュールが始まるのだ。朝の八時ごろにスタッフが家に来て、出社前のクリストスに概要を報告する。クリストスは打ち合わせをしながら朝食をとり、スタッフに指示を出しつつリムジンへと向かう。緊張感漂うその雰囲気は、帝国が重大な危機に面していることをはっきり物語っていた。

寝室の敷居をまたいだクリストスはドアにもたれ、妻を抱き寄せて満足そうにため息をもらした。「こんなことを言うべきではないんだが……君が寝ないで待っていてくれるのはうれしいものだ。家に帰ってくるのは格別だという気持ちになる」

「でしょう……あなたにとって欠かせない存在になりたいの」

クリストスはベッツィの顔を上げさせ、金色に輝く瞳で愛らしい顔を見つめた。「本当にすばらしい女性だ……一度も文句を言わない」

「あなたに貸しをつくっているのよ」ベッツィはからかった。

クリストスは長い指をおもむろに赤銅色の髪にからませた。「君が安らぎを与えてくれる女性だとは思わなかった。過小評価していたんだな。君が利己的じゃないところは、決して忘れないよ」

「女性はみんな、どんな状況でも子どもみたいにわがままだと思っていたの？」

「君より前につき合っていた連中はね……」クリストスは眠そうにつぶやくと、額をベッツィの頭のてっぺんに軽く押し当て、背筋を伸ばした。「シャワーを浴びてくる」

クリストスが出ていった瞬間、急いで広い寝室を横切り、ベッツィは両開きの窓を大きく開けて、バルコニーに用意していた何本ものろうそくに火をともした。そして巨大なフロアクッションを引っ張ってきて、小型クッションをいくつかその上に置き、くつろいだ雰囲気をつくりあげた。最後に大きなバスケットを運びこみ、クリストスのためにワインをつぎ、見るからにおいしそうな食事を並べた。それからローブを脱ぎ捨て、クッションの上に丸くなった。

ギリシアに来てから、なんて幸せなんだろう。クリストスの帰宅は遅いが、二人の関係はまったくと言っていいほど仕事の影響を受けていない。一緒にいられる時間を最大限に活用しようと、お互い必死に努力しているからだろう。

早起きして泳ぐこともある。夜中に浜辺で波の音を聞きながらバーベキューを楽しむこともある。昼間彼の書斎で軽食をとりながら、食事そっちのけでキスにふけってしまうこともある。二人とも一緒にいたくてたまらないのだ。クリストスは一分でも手が空くと、電話をよこす。

ギリシアに来て最初の一週間、ベッツィはクリストスの親族から温かく迎えてもらっていた。誰かが買い物や観光に連れていってくれたり、遊びに来てくれたりするので、寂しいと思う暇もなかった。クリストスは親族の間でとても評判がよく、ベッツィは彼に感謝していた。クリストスのおかげで、一族に心から迎え入れてもらえたのだから。

パトラスとはすっかり仲良くなり、このごろは毎日のように訪ねてくれる。男性のエスコートがないと少々気恥ずかしい場所に出向くときなど、パトラスはベッツィに付き添うのが自分の義務と思っている。そんなわけで、ベッツィは高級レストランで何度か、パトラスとディナーを楽しんだ。

しばらくしてクリストスが引きしまった腰に白いタオルを巻きつけただけの姿でバスルームから出てきた。ベッツィの陶器のような肌を、金色のサテンのナイトドレスが描くみごとな肢体を目の当たりにし、彼の瞳になまなましい欲望がきらめいた。「まったく……

君ならほほ笑みひとつで聖人でも誘惑できるよ」

「ここには聖人なんていないと思うけど……」

クリストスはうめいた。「確かにね。先に食事をさせてもらえるかな？」

ベッツィはまじめくさってうなずいた。

「あとでマッサージをお願いできるかい？」クリストスは尋ね、いたずらっぽい目でベッツィを見やった。そのまなざしは、感受性の強いベッツィに百万ワットの電流を流したのと同じ効果をもたらした。

「あきらめたほうがいいわよ」ベッツィは顔を赤らめて忠告した。数日前に初めてマッサージをしたときのことが忘れられない。「一生懸命やっているときに笑うような人にはマッサージしないの」

クリストスはにやにやしながらベッツィの向かいのクッションに腰を下ろし、焼いたチキンに手を伸ばした。「あの妙な流行《はやり》の音楽がいけなかったのさ。君はセクシーなつぼをちゃんと心得ていたよ」彼はからかった。

ベッツィは彼が食事をするさまを見守っていた。この世で彼がいちばん大切だとつくづく思う。ローリーを愛しているなどと思っていたのが不思議だ。ローリーのために自分が折れようなどと思ったことは一度もない。クリストスはわたしを愛していないかもしれないけれど、わたしが彼にとってとても大切な存在だと思わせてくれる。感謝もしてくれる。

彼のそばにいると、自分がとびきり美しくセクシーな女性だと思えてしまう。

食事を終えたクリストスはベッツィに手を伸ばし、金色のナイトドレスをはぎ取ってベッドに運んだ。

「ひとつだけ言いたいの……あなたは話し合いたくないと思うでしょうけど」ベッツィは急いで言った。

クリストスは怪訝《けげん》そうな顔をした。「なんの話だい？」

「わたしは、こんなに大きな家で、使用人や贅沢《ぜいたく》品に囲まれていなくても、生活していけるわ――」

「僕には無理だ」クリストスは即座に否定した。

「無理じゃないわ。だって、こういうものって結局はいちばん大切なものじゃないでしょう」

「ベッツィ……」クリストスはつらそうな表情を浮かべた。「言おうとしていることはよくわかる。でも、君が心配することはない。僕はとても裕福だ。どうしても今の暮らしを続けていきたいんだよ」

「でも――」

クリストスは激しいキスでベッツィの口をふさぎ、鎖骨の下のかすかに脈打っている部分に唇を押しつけた。その甘美な感覚に、ベッツィの体はいやおうなくクリストスに引きつけられてしまった。

「君は本当に甘い味がする……」クリストスはかすれ声で言いながらベッツィを引き寄せ、柔らかい胸のふくらみを手で包んだ。

その快感は、彼とひとつになるときの力強さに劣らないほどだった。その後しばらく、ベッツィは彼との親密なひとときを満喫した。

「明日はお昼に会うと約束して。あなたの帰りが遅くてディナーは無理だけど、わたしの誕生日だから何かしたいの」

クリストスは身をこわばらせた。「まだ君に何も用意していないと言ったら、僕の首を絞める？」

「まさか……ばかなこと言わないで」ベッツィはクリストスに身を寄せてささやいた。仕事のことで頭がいっぱいで曜日すら覚えていない彼が、妻の誕生日を覚えているわけがない。「プレゼントは来週考えてね……明日はあなたとどこかすてきなところでお昼を食べたいだけよ」

「なんとか都合をつけよう。せめてそのくらいのことはしてあげなければな」クリストスは請け合った。

翌朝、クリストスは一時にレストランで落ち合う、と会社のスタッフが電話してきた。

ベッツィは念入りに身支度をした。濃い琥珀《こはく》色の麻のドレスは、肌と髪の色をみごとに引き立てていた。

ベッツィがレストランに着いたとき、クリストスはまだ来ていなかった。超高級レストランで、ひとりテーブルに着いていると、みなの注目を浴びているような気がして居心地が悪かった。

クリストスはなかなか来なかった。ベッツィは彼の携帯に電話をかけてみたが、電源を切っているらしい。オフィスに連絡すると、クリストスは行き先を告げずに会社を出たとのことだった。誰にも邪魔されずに食事をしようと思っているのだろう。彼はもうこちらに向かっている……それにしても遅い。ベッツィには時のたつのがいやに遅く感じられた。でも、絶対に来てくれる。だって、今日はわたしの誕生日だもの！　ウイットと辛辣さの両方をこめた言葉で彼を迎えよう。ベッツィはせりふを練習してみた。そして、もう一度彼の携帯電話に連絡してみた。やはりつながらない。会社にはもう問い合わせなかった。まだひとりで待っていると知られたくなかったからだ。二時をまわり、ベッツィはレストランをあとにした。こみあげる涙を抑えて。

リムジンは渋滞に巻きこまれてしまい、ベッツィは怒りと悔しさを紛らわそうとテレビをつけた。もっと落ち着いて自分のことを考えたい。何か重大な事態が起こり、クリストスはわたしのことなど忘れてしまったのかもしれない。彼のミスを許せないほど、わたしは自己中心的なの？

テレビではニュースが流れ、まだ理解できないギリシア語が聞こえてくる。見るともなしに見ていたテレビにクリストスが映り、ベッツィは身を乗りだした。彼は大勢の人に囲まれ、モダンで大きな建物に入っていくところだった。ロビーで待ちかまえていた人々をかき分け、ひとりの女性がクリストスの腕に飛びついた。ペトリーナ・ローディアスだ。かつて婚約していた二人が画面いっぱいに映しだされた。ペトリーナは涙を流していても、息をのむほど美しい。クリストスと会って本当にうれしそうだ。妻がいる身なのに、彼もペトリーナと距離をおこうとはしていない。

ベッツィはテレビの電源を切った。携帯電話が鳴っている。クリストスだ。でも、今は彼と話すなんて無理よ。彼女は後部座席のドアのロックを解除するなり外に出て、買い物客の波に紛れこんだ。

クリストスはわたしとの約束をすっぽかし、大勢の前でペトリーナと仲直りしていた。一カ月前なら、そんなところをカメラが映すのを不思議に思っただろう。クリストスとペトリーナがどういう関係だったかも知らなかった。だが、今のベッツィは、ステファニデス家のおしゃべりな親族から多くの情報を得ていた。クリストスとペトリーナは、アテネの上流階級で最も注目を集めるカップルだった。二人とも若く、美しく、裕福で、社交界でも業界でも著名な家系の出身だったからだ。婚約破棄も大ニュースとなった。人々はステファニデス家の跡継ぎとローディアス家の女性相続人を似合いのカップルだと思いこんも多い。

でいた。クリストスが結婚した今でも、彼はいずれペトリーナと結ばれると信じている人
クリストスはペトリーナとよりを戻したのかしら？　それとも、テレビに映っていたの
は、これからそうなるという予告だったの？　三週間前、クリストスは電話で話していた
のがスパイロスの娘ペトリーヌだと言っていたけど、本当かどうかわからない。はっきり
わかるのは、彼の説明にわたしが飛びついたということだけ。夢中になっていたら、相手
の誠実さや正直さを疑いたくないもの。
クリストスとペトリーナとの共通点を指折り数えあげたら片手では足りない、とベッツ
ィは思った。ペトリーナはクリストスにぴったりの女性に思えるが、彼の貞節にこだわら
なかったのが最大の過ちだ。ベッツィの妊娠で、完璧《かんぺき》と見えた二人の関係は破綻《はたん》した。彼
が我が子に背を向けられなかったばかりに。

犠牲になってほしくない、と結婚する前にクリストスに言ったのに。ベッツィのプライ
ドが頭をもたげる。わたしを愛してくれない人にしがみついていられるの？　クリストス
がペトリーナとよりを戻したいのなら、わたしは彼がいだく罪悪感に訴えて彼をつなぎ止
めるしかない。でも、そんな卑怯《ひきょう》なまねはしたくない。ペトリーナのことでクリストス
と言い争ってなんになるの？　非難したり泣いたりしたところで、彼がわたしを愛してく
れるわけではないのだから。自分の尊厳を失わずに、ロンドンへ戻るしかない、とベッツ

ィは思った。

彼女は人の行き交う広場のベンチに座り、それしか選択肢はないと自分に言い聞かせようとした。だが、ペトリーナがクリストスを手に入れるというのが我慢ならない。あの二人が一緒になるというのも腹立たしい。それは尊厳とはまったく縁もゆかりもない、激しい感情だった。今なおクリストスを愛していることも問題だ。彼のもとから去るのは、思っているほど容易ではない。

おなかがかすかに痛む。ここ数日何度か同じことがあったが、大した痛みではなく、すぐにおさまってしまう。検診のとき医師に相談しようと思った矢先、鋭い痛みが走り、ベッツィは息をのんだ。

悲しみに浸っている場合ではない。我が子を思い、ベッツィは悩みを忘れた。立ちあがった拍子に痛みが増し、彼女は思わずかがみこんだ。すかさずボディガードが腕を伸ばして支える。「病院へ……」ベッツィは声を絞りだし、神に祈った。

9

ベッツィが処置室から出てきたとき、クリストスは外で待っていた。

ブロンズ色の顔は青ざめ、ゴージャスな瞳にはショックと後悔の色がありありと浮かんでいる。ここまで心配してくれる彼を、愛するのと同じくらい激しく憎むこともできるのだ、とベッツィは悟った。二人の間にできた子どもが欲しいとはっきり言ったクリストスは、流産という現実に打ちのめされている。でも、すべてが終わってしまった今、彼が失望する理由などないように思える。わたしに同情する必要だって。クリストスはいずれまた子どもに恵まれるだろう……わたし以外の女性との間に。

「話をしたくないの……ひとりになって眠りたい」個室でクリストスが話しかけようとしたとき、ベッツィはつぶやいた。

クリストスは彼女の華奢《きやしや》な手を褐色の手で包みこんだ。「僕がペトリーナといたところをニュースで見たのか？」張りつめた表情で尋ねる。

ベッツィはその手を即座に振りほどいた。

「見たということだな。頼むから話を聞いてくれ」

「話したくないの！」ベッツィは声を張りあげた。

　クリストスの気迫が、無理にでも話を聞かせようという意志がひしひしと伝わってくる。

「君が怒り、僕に見捨てられたと思うのも無理はない。でも、物事は必ずしも見かけとは――」

「本当にわたしのことを心配してくれている？　レストランに来てくれなかったことを今でもわたしがすねているって、本当にそう思っているの？　ひとりにさせてくれない？」

　ベッツィはなじった。

「何も言わないよ。ここに座っている」

「ひとりきりになりたいの」

「うまく言えないんだが……流産の悲しみはどうしても君と分かち合いたい。そうしなければいけないと思っている」クリストスは頑として譲らなかった。

　ベッツィは彼に背を向け、壁を見つめた。クリストスを見ていると、どうしてもペトリーナのことが思い出されてしまう。当然の権利だと言わんばかりに、クリストスにしがみついていた彼女……。泣きたいのに涙が出てこない。

　二時間後、ベッツィはもう一度クリストスに頼んだ。「お願いだから、家に帰ってちょうだい」彼がここにいてくれるだけで心が慰められる。でも、そんな自分の弱さに屈してしまいたくない。彼がもうわたしと人生を共に歩んでいくつもりがない以上、付き添ってくれたところでなんの意味もない。

「そんなふうに僕を締めださないでくれ」クリストスは低く荒々しい声で言った。「妻も子も同時に失ってしまったような気持ちになる」

クリストスは辛抱強く、ベッツィがなんらかの反応を示すのをじっと待っていた。彼にしては珍しいことだった。ついに病室のドアが静かに開いて閉まった。初めて涙がこみあげ、ベッツィの頬をじんわりと濡《ぬ》らしていく。クリストスは本当に優しい。妻のために何かしなければ、と今でも一生懸命になっている。結婚生活を続けていく理由など、もう何もないというのに。

翌朝目を覚ましたベッツィは、横になったまま考えこんでいた。この二十四時間で、状況がすっかり変わってしまった。まだショックから立ち直っていない。おなかに赤ちゃんがいるという状態に慣れきっていた。妊娠しているという事実が生活の中心となっていた。食べ物や飲み物に気を遣い、適度な運動と休息をとるよう心がけ、妊娠に関する本も読んだ。ベビー用品を売っている店を見てまわり、マタニティドレスを手に取ったり、子ども部屋のインテリアをあれこれ考えたりしていた。そんな状態がいきなり終わりを告げてしまったのだ。

きのう、産科医は〝よくあることです〟と言った。医師は初期流産の発生率を示す統計を見せてくれた。特に原因を調べる必要もないと言う。病院に駆けこんだときは、何か方法があると信じていたのに。

あなたはまだ若くて健康だから、じきにまた赤ちゃんを授かりますよ。次の妊娠も失敗するという根拠はいっさいありません。医師は気を遣って言ってくれたのだが、ベッツィにはひどく陳腐な言葉に感じられ、なんの慰めにもならなかった。流産が結婚生活の終わりを告げる場合もありうるなどと、誰も思っていないのだろう。

ベッツィが朝食を終えたとき、クリストスがやってきた。

「小鳥がついばむほどしか食べてないじゃないか」クリストスは顔を曇らせ、戸口のところで心配そうにため息をついた。

「おなかがすかないの。早くここを出たい――」

「医者の許可が出たらすぐに帰れるよ」クリストスはすかさず口を挟んだ。「早く帰ってきてほしい」

ベッツィはうつむき、急いで言葉を濁した。「でも、まだそんな状態じゃないわ」

沈黙が続く中、クリストスはベッツィの心境の変化をあれこれ考えつづけていた。

やがて彼は口を開いた。

「きのう何があったのか説明させてほしいんだ……そのためには、数週間前までさかのぼって話さないといけない」

説明するまではわたしをほうっておかないつもりなのね。ベッツィは積みあげた枕《まくら》に頭を預けた。白い枕カバーに髪が炎のように映えている。

「ペトリーナとの婚約を破棄すると決めたからには、仕事への影響も考慮しなければならなかった。ステファニデス・ホールディングスは、彼女の父親の会社と合併寸前だったんだ。婚約解消と共に、合併計画も立ち消えとなり、そのときから両家の会社は市場で競い合う関係となった」

くつろいでいるまねなどしている場合ではない。ベッツィはすでに上体を起こし、彼の話に耳をそばだてていた。わたしとの結婚を決めたせいで、仕事の面でも大変な結果を招いてしまったとは。

「どうして今まで話してくれなかったの？」

「話してどうなるものでもないだろう？　こんなことで君を心配させたくなかったんだ」

「それで毎晩遅くまで働いていたのね」ベッツィは心が沈んだ。合併寸前だった巨大企業の経営方針を変えるのは、想像を絶する苦労があるに違いない。双方ともに相手側の利点と弱点を充分に承知しているからには、今まで以上に熾烈《しれつ》な闘いが繰り広げられているのだろう。

「どちらが優勢になったの？」ベッツィは硬い口調で尋ねた。

「僕だ。でも、こんな闘いはしたくなかった。ペトリーナの父親オレステスをとても尊敬しているんだ。彼はパトラスの旧友のひとりでもあるしね」

「そんな……すべてはわたしのせいなの？」ベッツィは真っ青になって首を振った。何もかも自分のせいのような気がしてしまう。妊娠したばかりに婚約は解消され、両家もそれぞれの会社も引き裂かれ、そのうえパトラスとオレステス・ローディアスとの友情にもひびが入ってしまったのだ。

「とんでもない！」彼は声を荒らげた。「僕は婚約していながらほかの女性に手を出した。すべて僕の責任なんだ！」

クリストスの言葉を聞いた瞬間、ベッツィはナイフで胸をえぐられたように感じた。ついに彼が非を認めたのだ。でも、あの自信に満ちたクリストスがなぜ？　ペトリーナを失ったショックからよ。

「このことで自分を責めてはだめだ。いいね」クリストスははっきりと告げた。「もうすべては終わったんだ。君と約束したレストランに向かう途中、オレステス・ローディアスが病院にかつぎこまれたとの知らせを受けた。オレステスとは対立してしまったが、それでも敬意を表したいと思い、君に連絡するようスタッフに頼んだ。だが、どうやら別のレストランに連絡がいってしまったらしい……」

彼との昼食を心待ちにしていたのが、百年も前のことのように感じられる。「いいのよ、そんなこと」

「僕にとってはよくない。その後に起きたことを考えると、よけいに悔やまれる。自分で連絡すべきだったんだ。そうするつもりだったのに、二十分ほど遅れるだけだと思いこんでいた」

「それでどうなったの？」ベッツィは話題を自分のこと以外へそらしたかった。

「オレステスの発作は心臓発作ではなく、ストレスによるものだとわかり、和解に応じてくれた。僕たちの闘いは終わった」クリストスはためらいがちにつけ加えた。「病院に着いたペトリーナは心臓発作ではないと知って……」

「あなたたちは互いをよく知っているもの、彼女があなたに支えを求めるのはごく自然よね」ベッツィは自分の爪を見つめながら言った。

「テレビカメラの前で邪険な態度をとりたくなかったんだ。彼女は少々興奮していたしね。深い意味など何もなかった」

でも、テレビに映ったペトリーナはとてもうれしそうだった。クリストスにしても、ヒステリックな女性に耐えているというようには見えず、あの特別なほほ笑みを浮かべていた。あのほほ笑みはわたしだけに向けられるものと信じていたのに。

「彼女があんなふるまいをしたからといって、僕たちの間に何かがあったと思われては困る。どうしても信じてほしい。君と結婚してからは、ペトリーナに一度も会っていなかった……」

もちろんそうでしょうよ！　そんな暇はなかったのだから。ベッツィはクリストスのほうを見ようとしなかった。今にも感情が爆発しそうだ。苦々しく、そして無性に悲しい。クリストスはわたしを愛していない。彼と結婚すべきではなかったのだ。それに、ほかの女性と婚約していたんだもの、問題を招くのは目に見えていた。

「そうやって黙りこくっていたらわからないよ……一方的に話すのは慣れていないんだ」

ベッツィは何か言ったら泣いてしまいそうだった。心から愛しているクリストスと別れるなんてつらすぎる。でも、赤ちゃんがいなくなったからには、彼を自由の身にさせてあげなければ。クリストスは約束どおり、わたしをずっと守ってくれた。その代償は想像をはるかに超えていた。会社の危機は過ぎ去ったけれど、わたしはこれを機に身を引くべきだ。

クリストスはベッドの端に腰を下ろし、ベッツィの両手を手に取った。金色に輝く瞳が彼女を凝視している。「君のためにもう一度すべてをちゃんとしたいと思っているのに、それができない……自分の無力さを感じるよ」彼は真情を吐露した。

心からの言葉だ、とベッツィは悟った。本当にわたしのことを大切に思ってくれている、と。ベッツィは両腕を彼にからませ、きつく抱きしめたいと思った。わたしは嫉妬《しっと》のあまり、彼の気持ちを読み誤っていたのかしら？

「あなたの人生をめちゃくちゃにしてしまったわね」ベッツィは震える声でつぶやいた。

「ばかなことを言うな」ベッツィの手に重ねられた手に力がこもった。「そんなこと、君は何ひとつしていない」

だったら、次の子どもに期待しようってどうして言ってくれないの？　言ってくれたら、わたしたちには未来があると思えるのに。ああ、どうしてこんなに弱くなってしまったのだろう？　クリストスに優しく同情してもらっただけで、生涯彼を手放したくないと思ってしまう。たまたま妊娠したからという理由で、彼は愛してもいないわたしを妻にした。今、彼が結婚生活にとどまる理由などあるかしら？　もう赤ちゃんはいないのに。

クリストスのそばにいると、決心が揺らいでしまいそうで、ベッツィは彼の手を振りほどいた。「考える時間が欲しいわ」

「考えるって何を？」

「どう感じたらいいのかとか」ベッツィは涙ながらに言った。

クリストスはベッツィを起こし、きつく抱きしめた。「今は……何も考えるな！」

ベッツィは彼に腕をまわしたい衝動をこらえた。クリストスは本当にわたしを支えようとしている。でも、期待してはだめ。わたしに愛を求めるつもりはないと言った人なのよ。

「疲れたわ」ベッツィはまたもや彼から身を引いて言った。クリストスはやっと彼女の気持ちを察し、病室から出ていった。

彼が去って五分ほどして、ベッド脇《わき》の電話が鳴った。

「ペトリーナ・ローディアスだけど……そちらにうかがっていいかしら？」

ベッツィは息をのんだ。「いつ？」

「これからよ……」女らしい声の中に、冷たく、有無を言わせぬ響きがあった。

ベッツィは承諾してから、正しい判断だっただろうかといぶかった。ペトリーナがわたしに言うべきことなどあるのかしら？　緊張を強いられるのは目に見えている。だが、ベッツィはペトリーナという女性に対する好奇心を抑えきれなかった。

ペトリーナが病室に入ってきたとき、ベッツィは白いローブ姿でベッド際の椅子に座っていた。ペトリーナは男性の目を引きつけずにはおかない美女だ。ほっそりした体はみごとな曲線を描き、その大きな青い瞳と美しい金髪は優雅な人形を思わせた。

ペトリーナは嫌悪感もあらわにベッツィをしげしげと見た。「お互い時間を無駄にしたくないわよね。クリストスにいつ人生を取り戻させるつもり？」

「どういうこと？」

「いつ離婚に応じるかってことよ」

「クリストスは離婚したいなら、はっきりそう言うわ」ベッツィは顎をつんと上げて言い返した。

「子どもを失ったばかりのあなたに、彼がそんなことを言うわけないでしょう！　あなたを哀れんでいるんだから」

ベッツィは青ざめ、唇を噛《か》みしめた。

「女同士の話をしましょう」ペトリーナは意地の悪い言い方をした。「クリストスはたまたまあなたを妊娠させたけど、もう充分に償ったと思わない?」

ペトリーナがろくな性格ではないと知り、ベッツィはたじろぎながらも、妙にほっとした気分を味わっていた。クリストスはペトリーナのこういういやな面を知らないのだろうか、とも思う。きっと嫌うはずだ。でも、彼はペトリーナを愛している。愛していたら、相手に完璧《かんぺき》さなど求めない。それに、ペトリーナは今のところ嘘《うそ》はついていない。クリストスがわたしを哀れんでいるのは確かだし、たとえ離婚を望んでいるにしても、子どもを失って悲嘆にくれるわたしに言いだしはしないだろう。彼はわたしと結婚すると決め、大きな代償を払った。個人的にも、仕事の面でも、そして祖父との関係でも。

「言うことはないの?」ペトリーナは促した。

「クリストスに幸せになってもらいたい。それだけよ」ベッツィは自分が何を言っているのかよくわからなかった。彼の幸せを心から願っているのに、クリストスとペトリーナが一緒になると思うと、絶望的な気分に陥ってしまう。

「わたしと一緒になれば幸せになれるわ。彼はわたしを愛しているから」ペトリーナは臆《おく》面《めん》もなく言ってのけた。

「彼の浮気をなんとも思っていないの?」ベッツィは低い声で問いただした。

ペトリーナは軽蔑のまなざしを注いだ。「彼がふしだらな女とちょっと遊んだくらいで、どうしてわたしが目くじらを立てなければならないの?」

ベッツィは憤然として戸口に歩み寄り、ドアを大きく開け放った。「さあ、ほうきに乗って飛んで帰る時間よ」

ペトリーナを見送り、ベッツィは決心がついた。クリストスがペトリーナを愛しているのなら、好きな女性を選ぶ自由を与えよう。そして、わたしはできるだけ上手に身を引こう、と。

「しばらくイギリスに帰ろうと思うの」その日の午後に訪れたクリストスにベッツィはきりだした。

精悍《せいかん》な顔がこわばる。「今の時点ではいい考えとは思えない。体の回復に努めるのが先だ」

「ロンドンで休めるわ。家族にも会いたいし」

「だったら一緒に行くよ」

「ひとりで行きたいの」

「結婚してまだほんの数週間じゃないか」

「とても波瀾《はらん》に満ちた数週間だったわね」ベッツィは硬い口調で指摘した。

クリストスは窓にもたれた。拳《こぶし》を固め、すぐに開く。「この時期は二人で乗り越えるべきだ。場所はどこでもいい……君が行きたいところへ行ける」

ベッツィは胸が締めつけられ、彼の真剣なまなざしから目をそむけた。

「イギリスの僕の別荘にいてくれるか？」クリストスは妥協案を示した。

「わかったわ」

「あそこだったら、少なくともちゃんと君の面倒を見てもらえる。僕が気がかりなのはそれだけだ」急にクリストスの声が疲れたような響きを帯びた。

「そう……」ベッツィの声がかすれる。

「またギリシアに戻ってくると約束しない限り、君を行かせることはできない」

今度この国に来るときは、クリストスとの結婚生活に終止符を打つときだ。ベッツィは血が凍るように感じた。「いいわ」

「二週間与えよう――」

「短すぎるわ。一カ月にして」

「一カ月は長いな」クリストスは唇を引き結んだ。

そのくらい時間がたてば、あなたは献身的な夫の役を演じるのに飽きてくる、とベッツィは心の中でつぶやいた。お互いに心の傷を癒《いや》せるし、クリストスはこの結婚を続けていても無益だと考えるようになるだろう。今度わたしがギリシアに来たとき、彼はきっと正式に離婚を申し出るに違いない。言い争いをせず、明るくふるまっていれば、胸が張り裂けそうな思いを悟られずにすむ……。

「毎日電話するよ」彼は感情を抑えて言った。

ベッツィはゆっくりと深呼吸し、苦しみを胸にしまいこんだ。「お互いしばらく離れていたほうがいいと思うの……電話はいらないわ」

10

あと三十分で自家用ジェット機がアテネ空港に着陸する。

ベッツィは服装を整えようと席を離れた。黒のシフトドレスと上着なら、少しはしめやかな感じがするだろう。髪をアップにすると、やはり華やかさがなくなった。わたしが帰ってこなければいい、とクリストスは思っているかもしれない。でも、わたしを見て、今までどこに惹《ひ》かれていたのだろうなどと思われるのはごめんだ。

この一カ月、ベッツィはデボンにあるステファニデス家の別荘に滞在していた。最初の一週間は、泣いては眠るの繰り返しだった。二週目に入った日にロンドンの家族を訪ねると、流産のことを同情された。ジェンマの婚約指輪を褒めて帰ってきたあと、ベッツィはデボンの散策を始めた。田舎を大いに歩くうちに食欲が戻り、目の輝きもよみがえってきた。

それからパトラスが二日間泊まりに来た。高圧的なカウンセラーのまねをしたがる彼に釘《くぎ》を刺さなければならなかったが、彼の来訪は本当にうれしく、クリストスの少年時代の話を夢中になって聞いた。四週目の終わりに、クリストスの部下が帰宅の手はずを連絡してきたころには、ベッツィは心身ともに落ち着きを取り戻していた。

だが、悲しみはなんとか癒《いや》されたものの、クリストスを失うという点については、どうしても気持ちの整理がつかなかった。彼をペトリーナに譲ると考えるとよけいに切なく、夜も眠れない。ペトリーナはクリストスにふさわしくない、とベッツィは確信していた。毎日、一日じゅうクリストスを思ってしまう。彼の声が聞きたくて、何度電話に手を伸ばしたことだろう。誘惑に屈しなかったのは、彼に気持ちをどう伝えたらいいかわからなかったからだ。

アテネ空港でヘリコプターに乗り換えた。眼下にエーゲ海が見えてきたとき、ベッツィはどこに連れていかれるのだろうと不審に思ったが、乗務員に尋ねる気はなかった。結婚生活の終焉《しゅうえん》を静かに受け入れてこの旅が終わるのなら、これからは永遠の旅人となってさまよいつづけよう。ロンドンを発《た》った直後は、じきにクリストスに会えると思い、気持ちが高ぶっていた。ところが、彼に何を言われるかと考えたとたん、気分は落ちこんでしまった。

ベッツィはそのことで頭がいっぱいで、ヘリコプターがどこに着陸したのかなど考える余裕もなかった。ターコイズブルーの海が遅い午後の日差しにきらめき、金色の砂浜には足跡ひとつない。ベッツィは我が目を疑った。ここがモス島だということが、どうしても信じられない。急いでヘリコプターの反対側にまわってみた。岬の下に、テラコッタの屋根の小さな家が見える。

ベッツィは靴を脱ぎ捨て、上着をほうり投げ、家に向かって走った。玄関から人が出てくるのが見えた。クリストス。衝撃が体内を駆け抜ける。ベージュのチノパンツと黒いシャツ姿の彼は、はっとするほどゴージャスだ。そのすてきな彼がドアの前に立ち、ベッツィを待っていた。

クリストスの二メートルほど手前でベッツィは立ち止まった。この島に戻ってきたのがショックだったうえに、不意をつかれたことが腹立たしかった。「いったいどういうこと?」

「知ったら君は怒るだろうな」クリストスが言った。

「あなたの予想なんていいから……どうしてわたしが怒るのか教えて」いきなりベッツィは歩きだし、クリストスを押しのけて家の中をのぞいた。「ペトリーナを連れてきているの?」

クリストスは驚きをあらわにした。「冗談だろう。ペトリーナがこんな原始的な島を喜ぶわけがない」

それでもベッツィは警戒心を解かず、腕を組んだ。「原始的とは思わないけれど、ここにわたしを連れてきたのは本当に悪趣味だと思うわ」

ヘリコプターの離陸する轟音《ごうおん》が鳴り響き、二人の会話は数分間とぎれた。ベッツィは顎をつんと上げ、みずみずしい唇を固く結んだ。

「どうやってアテネに戻ればいいのかしら？」

「無理だね……少なくとも君ひとりでは。君はまたもや誘拐されたというわけだ」

「誘拐？」ベッツィは鸚鵡《おうむ》返しに言った。

「最初君とここへ来たときは、ややこしいことなどまったくなかった。原点に戻って結婚生活をやり直してみるのも悪くないと思ってね」

ベッツィは信じられなかった。「じゃあ……わたしをここに誘いだしたというの？」

クリストスはうなずいた。

ベッツィは静かに尋ねた。「わたしたちの結婚生活を立て直すために？」

「君に選択肢を与えるほうがいいとわかってはいた。困難な交渉に挑んでみたかった。君が交渉の場から立ち去れないとなれば、僕に有利だろう」

「確かにね……でも、わたしが立ち去らないとは思わなかった？」声がかすかに震える。

「今までの君の態度を考えたらね。訪ねることも電話することも拒否され、強制的に別居を強いられたんだからな」クリストスは沈んだ声で言った。

いつまでもプライドにこだわっていてはだめだ、とベッツィは気づいた。「結婚したという理由だけで、そばにいてほしくなかったの。あなたに選ぶチャンスをあげたかった……てっきりペトリーナを選ぶと思っていたわ」

「僕たちはあんなにうまくいっていたのに？」

「あなたが愛しているのはペトリーナだって彼女が言ったから――」

「ペトリーナと会ったのか……」クリストスはあっけに取られた。「でも、いつ？」

ベッツィは病院に彼女がやってきたときのことを話した。

クリストスは母国語で低くののしったあとで言った。「なんということだ……どうしてそこまで残酷になれるんだろう？　君はとても傷つきやすい状態だったはずなのに」澄みきった瞳に激しい怒りがこめられた。「ペトリーナとの関係には愛など存在しなかった――尊敬、親しみ、そしておそらく忍耐も含まれていたと思う。それで充分だと思いこんでいた……そして君と出会った」

そして君と出会った！　ベッツィはその言葉を噛《か》みしめた。ペトリーナに尊敬と親しみと忍耐しかいだいていないのなら、わたしにはもっと価値があるということなのだろう。クリストスがペトリーナを愛していないことがわかり、ベッツィは安堵《あんど》のあまり、めまいを起こしそうになった。

クリストスは刈りあげた黒い髪に長い指を走らせた。「ローリーを愛していると言っただろう。結婚式のとき、君たちが一緒にいるのを見て、僕は君がまだ彼を愛していると思いこみ――」

「そうじゃないのよ！」ベッツィは強く否定し、クリストスに手を重ねた。「彼に対する気持ちはいつの間にか変わっていたわ。もう過ぎたことなの」

金色に輝く瞳が彼女の心配そうな顔をとらえた。「あのときは嫉妬《しっと》のあまり、結婚生活を棒に振るところだった。まだ始まってもいなかったのに！」

「でも、ローリーのことを説明したら、わたしを信じるって言ってくれたわ」

「君がいくつか選択肢を出したのは、そのときじゃなかったかな？」

ベッツィは顔を赤らめた。「ずっと前から彼を愛していると思いこんでいたの。それに、あなたの前で面目を失いたくなかった。だって、ペトリーナのことをどう思っているか、あなたは答えてくれなかった。あなたの気持ちを確かめたいという気持ちもあったの」

「君が妊娠したとわかり、君に対する気持ちなど考えもしなかった」日差しが強すぎるため、クリストスはベッツィの手をそっと引いて家の中に入れた。「とにかく君と結婚したかったんだ。それほど簡単な――」

「わたしにとってはちっとも簡単じゃなかったわ」

「君を愛していたから、僕にとっては簡単だった。そのときはまだ自分の気持ちに気づいていなかったが、愛していたからこそ迷わず結婚を決めたんだろうな」

「わたしを愛している……」ベッツィは聞き違いではないかと思い、目をしばたたいた。

「いつ自分の気持ちに気づいたの？」

「結婚式のときだ。君がローリーといるのを見て、彼を引き裂いてやりたかった。でも、君を失いたくないなら、あの場面は見なかったことにしてふるまわなければならないと思った」彼の瞳に一瞬わびしさが漂う。「僕にとっては難題だったが、君を愛していると悟り、君を手放さないためならなんでもやると感じたのも、そのときだった」

ベッツィの目の奥に涙がじわりとわいた。「わたしを愛してくれているのね……本当に？」

端整な顔にあのすばらしい笑みが浮かんだ。「僕が相手かまわずに誘拐すると思うのか？」

ベッツィの目にいきなり涙が滝のようにあふれ出て、クリストスも、彼女自身も驚いた。クリストスはおろおろして妻を抱き寄せた。「どうした？　僕が何か変なことでも言ったか？」

「わたしを愛しているって言ったわ……この数週間、ずっとみじめな気持ちだったけれど、取り越し苦労だったのね！」すすり泣きながらベッツィは打ち明けた。

クリストスは身をかがめてベッツィを抱きあげ、エアコンのきいた涼しい寝室へと運んだ。「先月は僕にとっても地獄だった。でも、押しかけたくはなかった。一緒にいたかったが、君のほうはそんな気持ちではなさそうだったから――」

「そういうわけじゃなかったのよ。でも、あなたが結婚したのはわたしが妊娠したからでしょう」ベッツィはしゃくりあげた。「流産したとき、これであなたはわたしのそばにいる理由がなくなったと思ったの。わたしたちの結婚生活は終わりだって――」

「まったく……どうしてそこまでおばかさんになれるんだい？」クリストトスは愕然《がくぜん》とした。「一緒にいて本当に幸せだった。仕事で苦しみ、家に帰ると君が待っていて、天国のような気がした。あんなに幸せを感じたのは初めてだった……たったひとりの人間がいるだけで、これほど気持ちが変わるものとは知らなかった。流産は確かにショックだった。それでも一緒に――」

「でも……わたしはさっさと帰国してしまったのよね。あなたには信じがたいでしょうけれど、わたしだってあなたを愛しているのよ！」

クリストトスは吹きだし、驚いたように首を振った。「パトラスがね、僕がどれほど生意気な口をきく子どもだったかなどという話を熱心に聞くのは、僕を愛している証拠だと言っていたんだ。そんなのは嘘《うそ》だと僕は信じなかった」

「お祖父《じい》さまの言うとおりよ……あなたに会いたくてたまらなかった……」ベッツィは涙ながらに告白した。

「僕を愛しているのか！」クリストトスはいきなりベッツィを人形のように抱きかかえてくるりとまわった。

ベッツィは爪先立ってクリストトスの顔を両手で包み、うれしそうに見つめた。「これでやっと信じられるわ、あなたがわたしのものだって」

金色に輝く瞳が緑色の瞳をとらえた。「今までだってずっとそうだったんだよ」

「わたしに愛など求めないって言ったのは誰?」

「あれは僕のプライドが言わせたんだ」

ベッツィはクリストスの首に両腕をからませ、がっしりしたたくましい体にもたれた。

クリストスは息もつかせぬキスで応《こた》えてベッツィを強く抱きしめ、重々しく言った。

「いつか次の子に挑戦してみたい――」

心の底までしみ通る言葉を聞いて、ベッツィは彼から身を離した。「今すぐだと早すぎる?」

精悍《せいかん》な顔に刻まれていた緊張が消え去った。「君がいやがるような気がしていた。二度目の妊娠を恐れるんじゃないかと――」

「この間は運が悪かっただけよ。ああ、病院にいるときに今の言葉を聞きたかったわ」

「そういうことは言わないほうがいいと親戚《しんせき》の女性から言われていたんだ。亡くなった子にかわいそうだと君が感じるかもしれないからって」クリストスは低く張りつめた声で言った。「君を傷つけるようなことはしたくなかった」

「そんなふうには受け取らなかったのに……わたしたちには未来がある、ってあなたがまだ思っていると確信したかったの」

「僕たちの未来はひとつだよ」クリストトスは声を震わせ、愛情のこもったまなざしでベッツィを見下ろした。「君を失うかもしれないなどという、あんな苦しみはもう二度と味わいたくない――」

「これからは安心して」ベッツィは自信に満ちた声で明るく言った。「ほかの女性によそ見する暇も与えないわ」

クリストトスはのけぞって笑った。「愛してるよ」

くすぶった瞳に見つめられ、ベッツィは彼の官能的な唇をむさぼった。

約一年後、二人の娘カリーサが誕生し、その十八カ月後に息子ダリアンが生まれた。

二人の曾孫《ひ》に恵まれて大喜びのパトラス・ステファニデスは、クリストトスとベッツィの結婚四周年を記念し、モス島を二人に買い与えた。

●本書は2005年1月に小社より刊行された『悲しみの先に』を改題し、文庫化したものです。

ギリシア富豪と路上の白薔薇

2024年9月1日発行　第1刷

著　者　リン・グレアム

訳　者　漆原　麗（うるしばら　れい）

発行人　鈴木幸辰

発行所　株式会社ハーパーコリンズ・ジャパン
東京都千代田区大手町1-5-1
04-2951-2000（注文）
0570-008091（読者サービス係）

印刷・製本　中央精版印刷株式会社

Printed in Japan © K.K. HarperCollins Japan 2024 ISBN978-4-596-77849-9

9月13日発売　# ハーレクイン・シリーズ 9月20日刊

ハーレクイン・ロマンス　愛の激しさを知る

王が選んだ家なきシンデレラ　ベラ・メイソン／悠木美桜 訳

愛を病に奪われた乙女の恋　ルーシー・キング／森　未朝 訳
《純潔のシンデレラ》

愛は忘れない　ミシェル・リード／高田真紗子 訳
《伝説の名作選》

ウェイトレスの秘密の幼子　アビー・グリーン／東　みなみ 訳
《伝説の名作選》

ハーレクイン・イマージュ　ピュアな思いに満たされる

宿した天使を隠したのは　ジェニファー・テイラー／泉　智子 訳

ボスには言えない　キャロル・グレイス／緒川さら 訳
《至福の名作選》

ハーレクイン・マスターピース　世界に愛された作家たち ～永久不滅の銘作コレクション～

花嫁の誓い　ベティ・ニールズ／真咲理央 訳
《ベティ・ニールズ・コレクション》

ハーレクイン・プレゼンツ作家シリーズ別冊　魅惑のテーマが光る極上セレクション

愛する人はひとり　リン・グレアム／愛甲　玲 訳

ハーレクイン・スペシャル・アンソロジー　小さな愛のドラマを花束にして…

恋のかけらを拾い集めて　ヘレン・ビアンチン他／若菜もこ他 訳
《スター作家傑作選》